Totholz

Für meine Lundi und die schönen Tage mit ihr in der Karibik

Die Personen und die Handlung des Buchs sind frei erfunden. Etwaige Ähnlichkeiten mit tatsächlichen Begebenheiten oder lebenden oder verstorbenen Personen wären rein zufällig.

Cover-Foto: Hans Will

Erstauflage 2019
Überarbeitete Neuauflage 2022

Herstellung und Verlag: BoD – Books on Demand, Norderstedt
ISBN: 9783756239948

Zur Person: Hans Will war bis 2007 selbstständiger Bäckermeister und Konditor. Durch eine schwere Krankheit musste er den Beruf wechseln und wurde innerhalb kurzer Zeit ein erfolgreicher Fotograf mit etlichen Auszeichnungen und gelungenen Ausstellungen.

Vom Autor erschienen oder in Planung:

Späte Zeit des Glücks – Kitzingen-Krimi 1

Ein Leben lang – Roman

Saisonarbeit – Kitzingen-Krimi 2

Totholz – Kitzingen-Krimi 3

Deadly Running – Kitzingen-Krimi 4

Im Wendekreis des Virus – Kitzingen-Krimi 5

Das Virus schlägt zurück – Kitzingen-Krimi 6

Cranach Komplott – Kitzingen-Krimi 7

Never give up – Ratgeber gesundes Leben

Never give up Teil 2 - Ratgeber gesundes Leben
(In Planung)

Back- und Lachgeschichten - Humor (Vergriffen)

Ende der Weinlese – Fantasy

Prolog

Totholz wird als Sammelbegriff für abgestorbene Bäume oder deren Teile verwendet. Selten, daher wertvoll sind noch stehende sterbende Eichen. Förstern und Waldbesitzer, die ihr Totholz nicht entfernen, haben oft mit Unverständnis der verschiedenen Waldbesucher zu kämpfen. Diese kritisieren, dass die Besitzer ihren Wald nicht ordentlich pflegen. Das Liegenlassen oder wie in diesem Buch beschrieben hängenlassen von Ästen oder Bäumen wird oft als ungepflegt angesehen. Dabei ist Totholz wichtiger Insektenstandort vor allem für Wildbienen. Der zweite Teil des Buches befasst sich mit einem Nebenerwerbsmetzger und seiner Frau. Es wird sehr blutig, das sei schon mal verraten. Es geht um Subventionsbetrug und viele Margarithas.

Die beiden Ermittler Arne Hatterer und Elsa Menzel wurden zusammen „gemätscht" 😊 und haben mit einigen Hindernissen zur Aufklärung der beiden Cold Cases zu kämpfen. Sie stellten beide bald fest das ihnen die Begegnungen miteinander und auch der Sex, den sie zusammen haben, guttut. Mit Glück, Hartnäckigkeit und Zähigkeit lösen sie beide Fälle. Dabei kommt ihre aufflammende Liebe nicht zu kurz, weder im Dienst noch im Privaten. Eine Dienstreise in die

Karibik bringt dann den vollen Erfolg und das herbei-
gesehnte Glück.

Kapitel

Der Erste Fall

Kapitel 1 - Gemätscht

Als er aufwachte schien die Wintersonne durch die Lamellen der Alujalousien. Er hatte von einer großen Mauer und einem Mann mit einem Fuchsschwanz auf dem Kopf geträumt, der dann lebendig wurde und sein Maul nach ihm aufriss. Er rettet sich in sein Dienstfahrzeug, mit dem er mit großer Geschwindigkeit über die Autobahn rast. Als der LKW immer näherkam, wachte er scheißgebadet auf. Er schüttelte sich und rieb sich die Augen. Er war im Büro eingeschlafen. Es war ein dunkler, rauer Wintertag. Als er das Polizei-Gebäude verließ, sah er, dass seine Autoscheiben gefroren waren. Mit seiner Bankkarte kratze er sie frei. Es war Samstagmorgen und er setzte sich in seinen alten Ford Fokus und fuhr nach Hause. Einige Saatkrähen kreisten über den Landwehrplatz und Hatterer hatte das Gefühl, dass sie ihn auslachten. „Scheiß Viecher!" dachte er sich.

Nach dem mühevollen Aufstehen im Büro stellte er zuhause angekommen in seiner Küche den „Cucina di Bologna" Espressokocher auf den Herd - er mochte es am Morgen gerne stark. Kaffee war ein Stück Lebenselixier für ihn. Zeitung und Post hatte er beim Hineingehen schon aus dem Briefkasten mitgenommen. Der Toaster spuckte mit einem Klappern zwei Scheiben aus. Es war kalt, trüb und es hatte ein wenig geschneit. Durch das Küchenfenster sah er die Frau vom benachbarten Reiterhof wie sie vorbeiritt. Zum Frühstück rührte er sich noch ein bisschen Haferkleie mit Magermilch, Leinöl, Stevia und Mandelmus an. Die Zeitung hatte er schnell durch. Im Stillen dachte er sich, dass diese auch immer dünner wird. Später wird er sich einmal daran erinnern, dass es ein windgepeitscher, aber klarer Tag war.

Teller und Tasse stellte er in die Spülmaschine, viertelte einen Apfel, schnitt das Kerngehäuse heraus und ließ sich ihn schmecken. Goldparmäne ist eine leckere Winterapfelsorte. Sein Nachbar hat ein paar Bäume in seinem Garten. Die alten Sorten bekommt man in keinem Supermarkt, sagte Schleret immer voller Stolz. Im Radio lief Fleetwood Mac – „you can go your own way, yeah", er liebte den Song aus den Siebzigern und er fragte sich heute noch wieso er damals den sicheren Weg gewählt hatte. Jetzt mit 53 Jahren konnte er wenig bis nichts mehr ändern. Noch gut zehn Jahre, dann winkt die Pension. Gedankenverloren säbelte er mit einem großen Küchenmesser den Brief auf. Es war Post von einer Versicherung. Genauer gesagt von seiner Autoversicherung, die er auf Hinweis und Anraten seines Versicherungsmenschen neu abgeschlossen hatte.

„Guten Tag Herr Hatterer, München, 4.Januar 2019 es war bereits alles geklärt, Sie haben sich für die FrankoniaDirekt entschieden. Dies freut uns sehr. Nun haben wir von der Zulassungsstelle die Information

erhalten, dass die von Ihnen gemachten Angaben im Antrag, nicht mit den tatsächlichen übereinstimmen. Das Fahrzeug ist auf eine Firma zugelassen. Bitte versichern Sie Ihr Auto so schnell wie möglich bei einem anderen Versicherer. Wir treten hiermit vom Vertrag zurück. Beachten Sie, dass zwingend eine Versicherungsbestätigung durch Ihren neuen Versicherer bei der Zulassungsstelle hinterlegt werden muss. Warum informieren wir Sie darüber?

Wir können Ihnen aus dem oben genannten Grund keinen Versicherungsschutz anbieten. Deshalb heben wir den Vertrag auf. Sie haben damit von Beginn an keinen Versicherungsschutz.

Freundliche Grüße
i.A.G. Dreyfuss Customer Care
FranconiaDirekt
eine Marke der Ostländischen Versicherung AG
Vorstände: Martin Butcher, Christian Kanns

„Was ist das jetzt für eine Scheiße, haben die einen Knall. Solche Wichser!" Hatterer war Kriminalkommissar, hatte ein Nebengewerbe als Fotograf angemeldet. Wobei er schon lange keine gewerblichen Fotoaufnahmen mehr gemacht hatte. Beim jetzt missglückten Versuch zum Jahreswechsel die Versicherung zu wechseln, wollte er bei der FranconiaDirekt einen günstigeren Tarif für sich sichern. Später musste er auf seinen Kontoauszügen feststellen, das FranconiaDirekt trotz Kündigung ihrerseits den Versicherungsbetrag eingezogen hatte. Er musste dann wieder seinem Geld

13

hinterherrennen. Oh, wie er das hasste. Er rief bei Koberlein, seinem Versicherungsagenten an, der aber schon alles geregelt hatte. „Mach dir keinen Kopf, du bist jetzt bei BayernEye versichert und die FrankoniaDirekt hat dein Geld auch schon wieder rücküberwiesen. Gutes neues Jahr noch." Eingehängt.

Er arbeitete mit seiner Kollegin Elsa Menzel an Mord und Totschlag. Beide waren seit einem Monat abgestellt alte, ungeklärte Fälle neu aufzurollen.
Dieses Wochenende wollte er ausspannen mit Spaziergängen, Teetrinken und Buch lesen auf der Couch. Es war schönes, aber auch kaltes Winterwetter gemeldet. Hatterer legte sich auf die Couch und schaute das Fotobuch vom letzten Herbst an. Gerne denkt er zurück an die Hirschbrunft im Nationalpark Vorpommersche Boddenlandschaft in der Nähe von Zingst. Kraniche, Gänse und Schwäne beim Fliegen im Bodden beobachten und fotografieren, es war ein faszinierendes Naturschauspiel, das Hatterer so schnell nicht vergisst. Er hat schöne Bilder machen können. Einfach fabelhaft auch die Sonnenaufgänge an der Meinigenbrücke die Bresewitz mit der Halbinsel Zingst verbindet. Der Blick auf die Inseln Kirr und Barther Oie. Herrlich mit anzuschauen, wenn Kraniche, Schwäne und Gänse morgens aufs Festland zurückfliegen. Das Betrachten von Bildern vergangener Tage war für ihn ein probates Mittel sich immer wieder aufs Neue zu motivieren, um noch bessere Fotos zu machen.
Er machte einen Spaziergang am Main in Richtung Sulzfeld. Er wollte dort einen halben Meter Bratwurst

essen. Vom Radweg, auf dem er unterwegs war, konnte man die Straße sehen, die dort eine leichte Linkskurve macht. Plötzlich hörte er ein klirrendes Schlittern und als er sich umdrehte, kam ein Auto über den gefrorenen Boden auf ihn zugeschossen. Mit einer Reaktion, von der er nicht wusste das er sie besitzt, sprang er die Uferböschung hinunter. Als er wieder nach oben geklettert war sah er das die ältere Fahrerin geschockt hinter dem Lenkrad saß. Er rief die Leitstelle an und nach wenigen Minuten kam Streife und Sanka und er konnte weiterlaufen, mit nassen Schuhen und zerrissener Hose. Er war gerade am Ortschild von Kitzingen als neben ihm das Polizeiauto hielt. Die Kollegen fragten ihn, ob sie ihn heimfahren sollen. Was er gerne annahm. „Hier die Adresse der Lady, da kannst du die Rechnung für Hose und Schuhe hinschicken!"
„Vielen Dank liebe Kollegen, ihr habt was gut bei mir!"
Als er, frischgeduscht, wieder auf dem Sofa saß musste er daran denken, dass er morgen früh mit seiner Kollegin Elsa auf die Dienststelle fahren könnte.

Während Frau Menzel einen Bissen nach dem anderen von ihrem dick belegten Wurstbrot beim Frühstück machte, dachte sie daran wie selbstverständlich ihre Beziehung und ihre Arbeit mit Hatterer mittlerweile abläuft. Dann meldete sich ihr Smartphone. Er rief an und fragte, ob sie ihn mit ins Büro nehmen kann.

Zur selben Zeit sitzt in einem Schulbus Richtung Sulzfeld der kleine Maximilian. Er hat seinen Stammplatz in der letzten Reihe. Er ist der erste der in Buchbrunn in den Schulbus steigt. Aus dem Kopfhörer klingt Kontras mit Kampfgeist. Seiner Mutter ist es überhaupt nicht recht dass er so auf HipHop steht aber er kann beim Zuhören immer so schön träumen.

Um die letzten Schüler aufzunehmen, hält der Bus in der äußeren Sulzfelder Straße neben einer Wohnmobil-Werkstatt.

Jeden Tag schaut sich der 12-jährige sehnsüchtig zu den Wohnmobilen hinüber. Zu gerne wäre er einmal mit seiner Mutter auf große Tour gegangen. Jeden Monat machte er beim „Tor des Monats" mit. Dort wurde immer unter allen Teilnehmern ein neues Wohnmobil verlost. Er träumte von Italien, Pizzas, Schnorcheln, Gelato und dem Meer.

Gedankenverloren sah er im Geiste Sonnenschirme und Eisverkäufer, bis er bemerkte, dass in einem großen Wohnmobil gegenüber auf dem Abstellplatz Licht brannte. Dann sah er etwas Schreckliches.

Die Tür des Wohnmobils ging auf. In der Türangel stand ein junger Mann der kurz darauf zusammenzuckte und zu Boden fiel. Ein weiterer Teenager kam aus der Tür und schaute sich um. Dabei sah er den erschrockenen Maximilian, der von einer Straßenlaterne deutlich angestrahlt wurde in die Augen.

Er machte dann eine komische Bewegung mit dem Daumen. Er führte ihn langsam an seinem Hals entlang und lachte dabei. Dann ließ er eine Pistole in seiner roten Steppjacke verschwinden.

Der Bus fuhr los.

Kriminalkommissar Arne Hatterer und Kriminalkommissarin Elsa Menzel bekamen eine Abordnung mit Auflagen. Was immer das heißen mag. Jedenfalls wurden sie von der Unterfränkischen Polizeipräsidentin höchstpersönlich „gemätscht" und damit beauftragt Licht ins Dunkel, um das spurlose Verschwinden von Ines Großmeier und Leo Meier zu bringen. Dazu wurde ihnen das Büro in der Kitzinger Polizeidirektion zugewiesen. Beide wurden sie ausgewählt, weil sie schon einmal, unter dem jetzt pensionierten Kriminalhauptkommissar Kilian von Stein, mit den beiden Fällen konfrontiert waren und weil sie in der Nähe von Kitzingen ihren Wohnsitz hatten. Hatterer in Kaltensondheim und Elsa in Erlach. Zudem galten beide als gute Kriminalisten im Polizeipräsidium. Selbst hätten sich die Beiden wohl nicht gegenseitig ausgewählt. Wer weiß, unsympathisch waren sie sich aber dennoch nicht. Sie arbeiteten jetzt fünf Wochen zusammen. Die meiste Zeit ging bis jetzt für organisatorische Sachen drauf. Hatterer eher unkompliziert und Teamplayer, mit ausgeprägten Pflichtbewusstsein, humorvoll und warmherzig, hatte es mit Elsa Menzel, einer hartnäckigen, anspruchsvollen und mit gutem logischem Denken ausgestattete Arbeitskollegin, zu tun. Die aber in Katastrophenfällen in grenzenlosen Fatalismus fiel.

„Kannst du mich morgen früh nochmal abholen? Aber erst nachdem ich den Blutmond geknipst habe!" Hatterer schaute seine Kollegin verschmitzt an. „Was!!" schnauzte Elsa und weiter pflaumte sie: „Wann ist nachdem??" Sie ließ den Motor ihres Mazda MX-5 RF

17

an und Hatterer sagte sechs Uhr. Sie schaute mit nach oben rollenden Augen und fuhr ihn an: „Verarschen kann ich mich allein, sag mal!!" Nach einer Weile erklärte Hatterer dann, noch etwas zaghaft, dass Elsa ihn am Altenheim Steigerwaldblick kurz rauslassen könnte.

„Was willst du denn da?"

„Ich habe eine neue Geschäftsidee. Schöne Bilder für die Todesanzeige. Ich habe da was vorbereitet und möchte es in der Seniorenresidenz an das schwarze Brett hängen!"

„Du weißt aber schon, dass wir zwei Fälle aufzuklären haben!"

„Ja das mache ja auch nur auf Termin in meiner Freizeit! Die beiden Toten laufen uns nicht davon!"

Elsa hatte kein Interesse an einem Streit und räumte ein: „Dann ist ja gut, was willst du da machen? Die Alten knipsen für ihre Todesanzeige? Ganz schön makaber! Woher weißt du das die zwei tot sind, also in unseren Fällen meine ich."

„Ja, schau dir doch die abgefuckten Bilder in den Todesanzeigen an! Bin gleich wieder zurück! Ich denke halt, dass die Beiden tot sind."

Kapitel 2 - Waldbaden

Am nächsten Morgen machte Hatterer einen Morgenspaziergang. Er war Frühaufsteher und liebte es sehr, eine Runde in der kalten Januarluft im Wald zu spazieren. Dabei sah des Öfteren Rehe, Füchse, Hasen und manchmal auch Wildschweine.

Am Ende des äußeren Weges, des kleinen Waldstückes, roch es zu der Zeit ganz stark nach Lauch. Das Wintergemüse wurde von dem Gärtner, dem der Acker gehörte, nach und nach abgeerntet und nach Bedarf zu einem Großmarkt gefahren, zum Teil aber auch selbstvermarktet.

Aber immer, wenn Hatterer Lauch hört, riecht oder auch manchmal isst, er mag ihn eigentlich nicht, muss er an eine Szene aus dem Film „Der bewegte Mann" und an den „Metzgerdarsteller" Armin Rohde denken. „Hast du da Lauch reingemacht?", den Satz und die Filmszene wird er nie vergessen.

Früher, bevor ihn ein Schuss aus einer Makarow schwer verletzt hatte, ist er gerne hier auf den Trials gejoggt.

Er machte sich dann im Winter immer einen Spaß daraus, die Sohlenprofile der Jogger im Schnee zu identifizieren. Am leichtesten war es den Marathon-Trainer zu erkennen. Auch der Pegasus, den er selber gerne zum Laufen anzog, war leicht zu erkennen. Mit ihm ist er auch den Frankfurt Marathon gelaufen und die Zeit hat er mit einem Filzstift auf den Schuh geschrieben. 3:14. Das war 1983 und somit eine ganze Weile her.

Die Laufgemeinde war in den Achtzigern noch sehr überschaubar. Laufen war noch nicht zum Volkssport aufgestiegen. So konnte er den Abdrücken im Schnee meistens auch den dazugehörigen Besitzern zuordnen. Einmal ist er im Training auf dem 5km Rundkurs im Tänning 43 Kilometer in drei Stunden gelaufen. Der Run sollte zur Vorbereitung auf den Marathonlauf in Kandel dienen.

Es war wohl zu viel des Guten. Er wurde krank und konnte in der Pfalz nicht an den Start gehen.

Der Lauf, auf dem legendären "Y-Kurs" sollte der Höhepunkt seiner Läuferkarriere werden.

Aber der Fluss des Lebens strömte in eine andere Richtung.

Trotzdem gefiel es ihm gerade jetzt in den Wäldern seiner Heimat spazieren zu gehen. Es war für ihn eine schöne Kontemplation und er fühlte sich jedes Mal sehr gut dabei, besonders wenn er dann auch noch einen Buntspecht hörte. Bald werden auch wieder die Stare zurückkommen und ihn mit ihrem Gesang erfreuen.

Waldbaden sagte man seit neusten dazu, wenn man im Wald spazieren geht. Manche Leute umarmen auch die Bäume. Mit dem Umarmen ist es jedoch schnell wieder vorbei, sobald die Eichenprozessionsspinner wieder aktiv werden. Auch bei der Rußrindenkrankheit bei Ahornbäumen empfiehlt es sich den Baum nicht zu drücken.

Sein Smartphone meldete sich mit dem Gestöhne von Donna Summer „Love to Love me Baby".

„Was gibt's Elsa?"

„Die Akten sind da. Zumindest vom ersten Fall! Gerade eine Message vom Hauptquartier bekommen."
„Okay, was willst du damit sagen?"
„Dass du unverzüglich ins Büro kommen könntest!"
Hatterer marschierte jetzt schneller.
Auf dem Parkplatz am oberen Ende des Tänning stand eine ältere Frau mit einem großen Hund. Sein zotteliges Fell fiel Hatterer gleich auf. Dann die kleinen Eiszapfen rund um sein Maul.
„Er muss halt auch überall hinschnuffern!", jammerte besorgt die ältere Frau im grauen Parka. „Wie alt ist er denn?" fragte Hatterer. „Ja so elf Jahre, für so große Hunde schon ziemlich alt!" mahnte sie in ihrem Heimatidiom an. „Okay, dann noch einen schönen Tag, ich muss los!"
Vor lauter Hektik brach er, zuhause angekommen, den Haustürschlüssel ab. „Scheiße!" fluchte er laut. Sein Nachbar Herbert Schleret, der gerade die letzten Schneereste vor seinem Grundstück zusammenschob, fragte ihn was denn los sei. „Schlüssel abgebrochen, schöne Kacke!"
Schleret ging wortlos in sein Haus und kam nach wenigen Minuten wieder heraus. In der Hand hielt er etwas gezacktes. Es war ein Laubsägeblatt, mit dem der alte Bastler den abgebrochenen Schlüssel aus dem Schlüsselloch zirkelte.
„Bitteschön! Ersatzschlüssel?"
„Ja hier unter dem Blumentopf!"
Schleret bot an, dass er auch bei ihm einen Ersatzschlüssel deponieren könnte.
„Keine schlechte Idee!"

21

Kapitel 3 - Die Arbeit beginnt

Sie hatten in der Landwehrstraße in Kitzingen das Büro im Gebäude des dortigen Polizeireviers bekommen. Es war noch nicht komplett eingerichtet. Aber die Computer liefen und in den Schreibtischlampen waren die Glühbirnen eingeschraubt. Die berüchtigten Nachtschichten konnten kommen.

Seine Teampartnerin Elsa war neununddreißig Jahre alt. Mit Ihren 1,69 cm und 72 Kilo war sie zwar ein bisschen füllig, aber nicht dick. Ihre blonden Haare rahmten ihr fein geschnittenes Gesicht ein. Die Kollegen drehten sich nach ihr um, wenn sie mit ihrem feisten Hintern, im Vorbeigehen auf den langen Fluren der Polizeiwache, wackelte. Ein früherer Liebhaber sagte einmal zu ihr, dass dieser Po ein Tempel der Sünde sei. Aus ihrem runden Gesicht stachen zwei dunkelblau schimmernde Augen heraus. Dazu schöne weiße Zähne und volle Lippen, gepaart mit einer Stupsnase. Ihr Dekolleté, mit nicht zu kleiner Körbchengröße, war im Sommer für alle männlichen Kollegen ein Hingucker. Wenn es aber irgendwie temperaturmäßig ging, zog sie oben geschlossene Shirts vor. Die geilen Blicke auf ihre Brüste nervte sie ganz schön. Sie wohnte in Erlach in einer kleinen Wohnung im Neubaugebiet. Die Mieten dort waren noch bezahlbar. Sie war keine Neo-Feministin, ließ sich aber von Männern auch nichts gefallen. Das Einzige was sie sich gönnte, war der zweisitzige Mazda MX-5 RF.

Hatterer stieß die Türe auf. „Wir können loslegen mit der Hidden Agenda!" Er zog den Reißverschluss seines Hosenladens im Vorbeigehen zu. Dabei lachte er so verschmitzt das Elsa auch mitlachen musste. Beide hatten sie sich nicht ausgesucht. Aus der Zweckgemeinschaft ist dann aber mehr geworden. Hin und wieder trafen sie sich zum Sex in einer ihrer Wohnungen oder sie verabredeten sich zum Essen. Fünf Wochen arbeiteten sie jetzt enger als Team zusammen. Erst in Würzburg, jetzt in Kitzingen. Eigentlich verstanden sie sich ganz gut. Aber manchmal, wenn Hatterer wieder einmal zu lax unterwegs war, gab es von Elsa richtig Zoff.

Vierundfünfzig Jahre war Hatterer schon auf dem Planeten. Mit seinen 1,79 m war er nicht der Größte. Sein Gewicht schwankte zwischen 80 und 100 Kilo, je nach Stimmungslage.

Seit er Elsa kennt, hat es sich bei 85 Kilo eingependelt. Er hatte schöne Augen, einen sinnlichen Mund, leicht abfallende Schultern und einen Hang zum Bauch. Er trägt einen Hipster-Bart und bestellt sich bunte Shirts und Hoodies bei einem Anbieter in Polen. Was er aber immer trägt, sind seine verwaschenen Jeans und irgendwelche Doc Martens Replicas, von denen er scheinbar mehrere besaß. Er trägt die Haare gerne etwas länger und manchmal träumt er von einem größeren Penis. Dieser Wunsch kommt wahrscheinlich daher, dass er zu viel Pornos mit gutbestückten Männern anschaut.

Es klopfte an der Bürotür. „Entschuldigen sie", sagte der Mann vom regionalen Energieversorger, „hatten sie Post bekommen?", „Nein, was für Post denn?"
„Dachte ich mir, dass haben die im Büro wieder verbummelt. Ich komme zum Ablesen von den Licht- Gas und Wasserwerken." „Kommen sie doch rein, sie kennen doch sicher den Weg!" Der Mann im grauen Arbeitsanzug kam ins Büro. Richtete kurz seine Brille, „Ja genau, ich weiß, wo der Gaszähler hängt."

Kapitel 4 - Falscher Alarm

Menzel schmeißt Hatterer einen Stapel Akten auf den Schreibtisch. „Fangen wir mit Leo Maier an!"
„Er wird seit Ende 2016 vermisst. Die Vermisstenmeldung hat ein gewisser Graf Walchenberg vor einem Jahr aufgegeben. Das Skurrile daran ist, dass der Graf von einem Kompagnon Mitte 2018 umgebracht wurde. Walchenberg hatte damals angegeben, dass Maier ermordet wurde. Von wem, wollte er oder konnte er nicht sagen. Es soll aber ein Video existieren auf dem man angeblich Maier, Walchenberg und seinen Kompagnon Ulf Bodenstein sehen kann. Sie sollen nackt und gefesselt in einem Jagdhaus bei Kleinrinderfeld gedemütigt worden sein. Das Video soll der spätere Mörder gemacht haben. So hat es jedenfalls Herbert Graf von Walchenberg bei den Kollegen in Würzburg zu Protokoll gegeben. Dann gibt es von der litauischen Polizei noch eine divergierende Nachricht an das BKA. Sie lautet, Leo Maier würde jetzt in Schweden leben." „Und Adolf Hitler wohnt auf der Rückseite des Mondes," entgegnete Hatterer lachend. „Du Arsch, willst du auch einen Kaffee?"
„Ja!"
Sie hatten sich eine kleine Kochplatte in ihr Büro gestellt. Hatterer trank nur Handgebrühten, aber den in Narkosen Dosen.
Der Mann mit dem Gaszähler verabschiedete sich. Beim Hinausgehen des Gasmannes zwängte sich, der kurz vor der Rente stehende Polizeihauptwachtmeister Franz Hell, ins Büro der beiden Sonderermittler.

„Könnt ihr euch das mal anhören, die vom Kriminal-dauerdienst sind entweder krank oder im Einsatz!"

„Was gibt's denn?"

Hell winkte den Jungen ins Zimmer. „So erzähl den beiden Herrschaften, was du gesehen hast!"

Ein schüchterner kleiner Junge trat ein und schaute die beiden Ermittler mit großen Augen an.

Maximilian erzählte ausführlich. Die Ermittler lauschten gespannt die Geschichte.

„Hast du keine Schule? Am besten wir fahren da mal hin!"

Hatterer und Menzel nahmen Maximilian im alten Ford Fokus von Hatterer mit zum angeblichen Tatort.

„Hast du das eigentlich deinen Eltern erzählt und wieso sind die nicht mitgekommen."

Maximilian erzählte dann eine rührende Geschichte. Seine Eltern würden getrennt leben. Mutti ist sowas wie eine Multijobberin, weil Vati eine andere Frau hat und keinen Unterhalt für ihn bezahlt. „Er hat jetzt eine neue Familie und braucht mich nicht mehr. Die haben auch ganz viel Geld!"

Elsa standen die Tränen in den Augen als der Junge erzählte, dass er jedes Wochenende mit seiner Mutti Prospekte austrägt. „Danach holen wir uns immer einen Döner!" sagte er voller Stolz. „Wir hatten früher Schluss heute. Die Heizung in der gesamten Schule ist ausgefallen."

Sie fuhren die Südtangente hinauf und bogen beim Logo Getränkemarkt rechts ab, um sich dort einen Parkplatz zu suchen.

„Wir sind da, wo hast du denn den angeblichen Mord gesehen?"

„Da unten!"

Maximilian deutete nach unten auf den Parkplatz der Werkstatt und stapfte los. Die Gehsteige waren vom Schnee geräumt und auf den Straßen glänzte das Streusalz. Als sie beim vermeintlichen Tatort und dem dort stehenden Reisemobil angekommen waren, ging die Tür vom Wohnmobil auf und zwei Teenager kamen lachend heraus. Maximilian zog sich ängstlich hinter Hatterer zurück und zu Menzel gerichtet sagte er, dass es die Jungs seien, die er gesehen hatte.

Die Beiden lachten Maximilian aus, sagten dann spöttisch, ob er seine Alten mitgebracht hätte und das er nicht alles glauben müsste was er sieht.

„Moment", fluchte Hatterer, „ihr habt das dem Kleinen nur vorgespielt!"

„Was denkst du denn Alder. Coole Nummer, mir machen sowas öfter", sagte einer der Beiden.

„Und dann auf Youtube stellen was!", schimpfte Hatterer. „Das reicht, ihr kommt jetzt mit auf die Wache, das gibt eine Anzeige wegen Vortäuschen einer Straftat. Ihr Honks habt uns vom Dienst abgehalten!"

„Wir haben uns noch gar nicht vorgestellt. Kriminalhauptkommissar Arne Hatterer und das ist Kriminalhauptkommissarin Elsa Menzel."

„Ruf Heil an, der soll eine Streife schicken!"

Die Beiden schauten jetzt ziemlich verdutzt drein. Der eine schnauzte Maximilian an, dass er ihn bei nächster Gelegenheit aufs Maul hauen würde.

Das war jetzt Hatterer doch zu viel.

„Jetzt kommt noch eine Bedrohung dazu. Ich sage euch jetzt mal was. Wenn ihr den Kleinen in der Zukunft nicht in Ruhe lasst, dann Gnade euch Gott. Mehr muss ich wohl nicht sagen."

Nach einer Viertelstunde ist die Streife da und nimmt die jetzt etwas kleinlaut gewordenen Spaßvögel mit.

„Boah ey, war aber trotzdem ein geiler Joke, dass bisschen Sozialdienst reißen wir auf der linken Backe runter!", verkündete dann heldenhaft der Wortführer von den Beiden.

„Können wir dich noch nach Hause fahren?"

„Gerne, ich muss aber nach Buchbrunn!" erwiderte Maximilian.

„Kein Problem!"

Das Häuschen, in dem er mit seiner Mutter wohnte, hatte auch schon bessere Zeiten gesehen, aber es war gemütlich eingerichtet.

„Schön habt ihr es hier. Deine Mutter nicht da?"

„Sie wird gleich nach Hause kommen!"

„Wir warten!"

„Möchten sie einen Tee trinken?", fragte der Kleine.

„Wie alt bist du eigentlich?"

„Im Dezember bin ich zwölf geworden!"

Ein Wasserkocher sprudelte und es dauerte nicht lange und Maximilian kam mit einem Tablett, auf dem bis zum Rand drei gefüllte Teetassen wackelten.

„Bitteschön!"

„War das jetzt schlimm, dass ich das gemeldet habe?"

„Passt schon, mach dir keinen Kopf!"

Ein Schlüssel wurde ins Schlüsselloch gesteckt, die Tür ging auf und Maximilians Mutter kam herein.

„Ja was ist denn hier los, was machen sie hier? Ist irgendwas mit Maxi?"

Hatterer und Menzel stellten sich vor und klärten die besorgt wirkende Mutti auf. „Machen sie sich keinen Kopf Frau Lechner. Maximilian hat völlig richtig gehandelt. Wir verabschieden uns. Machs gut, Maxi!" Elsa streichelte beim Hinausgehen über seine dichten blonden Haare.

Hatterer ließ die Zündung an und fuhr bei der Winzergenossenschaft auf die B8.

„Gibts denn zu viel Wein? Dass die schon wieder anbauen müssen. Gehen wir zu mir oder zu dir in der Mittagspause?"

„Hast du was zu essen zu Hause?"

„Wer spricht denn vom Essen, wir nehmen uns auf dem Weg ins Büro irgendwas vom Bäcker mit!"

„Okay, du alter Lustmolch, ich habe aber auch Bock auf einen schönen Quicki!"

Sie fuhren über den Betonweg von Repperndorf nach Kaltensondheim.

Dazu brauchten keine fünf Minuten.

„Du bist die Beste, die ich bisher hatte. Deine Vorgängerin mochte keinen Analverkehr. Ihr genügten zweimal Sex in der Woche. Geh schon mal hoch, ich mach noch den Briefkasten leer."

Hatterer sperrte die Haustüre auf und drehte sich zum Briefkasten, er hörte Elsa sagen: „Zweimal guter Sex in der Woche ist doch auch nicht übel!"

29

Elsa ging erwartungsfroh ins Haus und schüttelte sich die Kälte vom Leib.

Kapitel 5 - Diabetes mellitus

Als Hatterer dann in die Wohnung seines gut durchge-
wärmten Häuschens kam, lag Elsa schon erwartungs-
voll auf der Couch. Hatterer fummelte an seiner Kollegin herum und bekam ziemlich schnell eine starke
Erektion. Der PAWG ging ziemlich schnell und Elsa
war sichtlich enttäuscht. „Was war das jetzt? Ich hasse
diese Art von Quikies!" Sie ging enttäuscht die Treppe
nach oben in die Dusche.
Hatterer entspannte sich und holte sich eine Tasse Kaffee aus der Thermoskanne. Anscheinend hatte er die
Kanne am Morgen nicht richtig verschlossen. Jedenfalls war der Kaffee kalt. Dann öffnete er den Brief, der
im Kasten gesteckt hatte.

Er war vom Landratsamt.

Sehr geehrter Herr Hatterer,
vielen Dank, dass Sie uns das ärztliche Attest von
Dr.med. Patrick Häusler vom 18.1. 2019 vorgelegt ha-
ben.
Bitte reichen Sie im Januar 2020 das nächste Attest be-
züglich ihres Diabetes mellitus mit der Aussage über
die aktuelle Medikation und die ausgeglichene Stoff-
wechsellage und bezüglich des Zustandes nach der
Lungenembolie vor. Danke.

Mit besten Grüßen

Schmidt

31

„Na Bravo!", dachte Hatterer, „wenn man in Deutschland ein Aktenzeichen hat, dann bekommen die Beamten einen Orgasmus. Scheiß Paragraphenreiter. So ein Dreck. Dabei gibt es Hunderte Diabetiker in Unterfranken, die sich zum Teil Insulin spritzen müssen und die fahren ohne Beanstandungen des Amtes, bis sie Hundert Jahre alt sind. Prinz Charles in England war das beste Beispiel."

Elsa kam und fragte, was er denn da in der Hand hält. Er gab ihr den Brief. Sie las ihn durch.

„Wusste gar nicht, dass du Diabetiker bist!"

„Jetzt weist es. Komm wir fahren, für mich nur einen griechischen Salat später!", schimpfte er schmollend.

Diese Art von Aufmerksamkeit mochte er überhaupt nicht. Obendrein hatte er Angst, dass er seinen Job als Polizist verliert. Er hat zwar viele andere Interessen, aber seine Brötchen verdiente er sich immer noch bei der Bullerei.

Im Radio erzählte der Sprecher, dass jetzt Polizisten auch Schulschwänzer am Frankfurter Flughafen aufspüren.

„Haben die nix anderes zu tun? Hast du schon mal dran gedacht, wenn Heil in Rente geht, hängen wir an beiden Fällen ziemlich alleine dran!"

„Wieso geht der in Rente?"

Elsa schaute ihn sorgenvoll an: „Das weißt du doch!"

Schweigend arbeiteten sie sich stundenlang durch die alten Spuren, Aussagen und Akten aus vergangener Zeit. Ein kleiner Teil der Aktensortierung war erledigt. Hatterer machte Feierabend.

Kapitel 6 - Legosteine

Er war tief und fest eingeschlafen, als er plötzlich durch ein lautes Piepen wach wurde. Das Handy konnte es nicht sein, den Ton hatte er noch nie gehört, trotzdem checkte er es. Wieder ein Ton. Alle zwanzig Sekunden piepte es und der Ton wurde immer lauter. „Das kommt von oben!", dachte er sich. Es war der Rauchmelder, der angesprungen war, anscheinend war er defekt. Er hätte nicht die Billigen kaufen sollen, dachte er sich. Schlimmer noch, er hatte keine Leiter im Haus, um an die über zwei Meter hohen Decke zu gelangen. Er stapfte nun nachts um drei Uhr zu seinen Nachbarn durch den eisigen Schnee. „Geht's noch, weist du wieviel Uhr wir haben?", schimpfte Schleret. Nachdem Hatterer ihm erklärt hatte, wieso er eine Leiter brauchte, musste auch Renate, die Frau von Schleret, die im Morgenmatel ein Stück hinter Schleret stand, lachen. Das laute Piepsen hörten sie mittlerweile auch vor ihrer Eingangstüre sehr deutlich. Hatterer fror, er hatte nur Hausschlappen und Bademantel angezogen. Mit der Leiter stiefelte er zurück in sein Häuschen.

Am nächsten Morgen im Sportteil: Deutschlands Handballer nur auf Platz vier bei der WM gegen Frankreich.
Der Berichterstatter spricht von vier geschenkten Toren für die Franzosen durch die komische Torhüter-Rotation. Egal. Handball ist eh nicht sein Ding. Im Feuilleton dann groß die neue Dschungelkönigin. Am

Anblick der Blondine, im sexy gelben Kleidchen und knalligen roten Lippen, dachte er, dass er die auch nicht von der Bettkante stoßen würde. Im Radio lief die „Laura in der Brandung bei der Landung". Tasse Espresso musste reichen. Dann hupte es auch schon. Elsa war wieder bald dran.

„Moin! Gut geschlafen!" „Ja meine Nachbarin hat mich gestern Abend genervt. Angeblich wurde ihre Windhündin Donot vom Dackel Walli, ebenfalls aus der Nachbarschaft, vergewaltigt und dann hat mein Rauchmelder gesponnen und ich musste nachts um drei durch die Kälte eine Leiter bei den Schlerets besorgen."

„Wie soll das gehen mit den Hunden? Du kaufst aber auch immer den billigen Dreck."

„Angeblich lag Donot seitlich auf dem Teppich und Walli, der Schwerenöter, hat sich angepirscht und sie dann vergewaltigt. Ja, und ich hätte die besseren Rauchmelder nehmen sollen."

„Naja, ich weiß nicht. Hunde vergewaltigen, das habe ich ja noch nie gehört!"

In der Wache wartete schon Polizeihauptwachtmeister Franz Heil ungeduldig.

„Wir müssen Richtung Ochsenfurt und Sulzfeld Straßensperren einrichten, in Unteraltertheim und in Marktheidenfeld wurden Sparkassenautomaten weggesprengt! Ihr sollt für ein paar Stunden den operativen Dienst verrichten!"

„Na toll", sagte Elsa, die in ihrem Kleid aussah, als wollte sie zu einem griechischen Abend gehen.

„So kommen wir doch überhaupt nicht weiter!"

Nach einer Stunde kam Heil wieder zurück. Der gesuchte, schwarze SUV war entkommen und die Straßensperren wurden aufgehoben.

Der Wetterbericht spricht von einer eisigen Kälte im Mittelwesten der USA bis zu 35 Grad Minus sollen es werden. Bis Mittwoch seien wegen der Kälte auf diversen Flughäfen mehr als 2700 Flüge gestrichen worden, berichtete der Sender CNN. Besonders betroffen sei Chicago. Die Millionenmetropole im Bundesstaat Illinois wurde als „Epizentrum" der Kältewelle beschrieben.

In Port Augusta, South Australia das ganze Gegenteil, dort wurden 49,5 Grad plus gemessen. „Wahnsinn, was sich in diesem Winter temperaturintern so tut", dachte Hatterer.

„Also ich resümiere dann mal. Leo Maier ist verschwunden, und es gibt keine Spur. Wie sollen wir da vorankommen? Wir fahren einmal zum Jagdhaus nach Kleinrinderfeld. Wo dieses ominöse Video entstanden sein soll. Einfach mal schauen, dass wir ein Bild in den Kopf bekommen. Oder was meinst du?"

Elsa Menzel, die vor ihrer Heirat mit dem Großschlächter Philipp Menzel, Riesenzahn hieß, war eine Frau der Tat. Auch wie sie erfahren hatte, dass ihr Mann die Disponentin vögelte, handelte sie schnell und reichte die Scheidung nach nur einem knappen halben Jahr Ehe ein. Den Namen hatte sie behalten und auch ein bisschen Geld. Durch die Gütertrennung war das aber nicht die Welt.

„Das geile Arschloch von Metzger wird seine Geliebte zu meiner Nachfolgerin machen, diese kurzhaarige blondierte Kuh mit den unmöglich dicken Eutern und dem flachen Arsch, von der ich dir ein paar Mal erzählt habe!" so erzählte sie es damals Hatterer.

Überhaupt hatte sie es nicht leicht gehabt in ihrem bisherigen Leben.

Ihre Schwester Anna wurde vor fünf Jahren zusammen mit ihrem Schwager und den beiden Kindern im Südafrikaurlaub ermordet. Das hat sie damals schwer getroffen und so richtig hat sie sich bis heute davon nicht erholt. Zweimal im Monat fährt sie nach Eibelstadt auf den Friedhof und legt frische Blumen auf das Urnengrab.

Im Grunde war sie froh, dass sie Hatterer hatte. Ob es Liebe ist, weiß sie nicht. Sie mag den Chaoten halt. Er gibt ihr Rückhalt und auch ein bisschen Geborgenheit. Sie hat auch sonst niemand mehr. Ihre Eltern waren schon lange tot. Sie dachte darüber nach, ihr Herz aufs Spiel zu setzen.

Als sie mit dem zweisitzigen Mazda MX-5 RF im Le Mans Outfit in rot und blau mit 220 PS unter der Haube vor der Wache anhielt, um Hatterer einsteigen zu lassen, reckten die Kollegen die Hälse. Sie drängten sich vor den Bildschirm der Überwachungskamera am Eingang, auf der man Menzel mit ihrem Auto sehen konnte.

Beim Losfahren ließ sie deshalb den Motor einmal richtig aufheulen.

„Pass auf, der da vorne hält an!"

Tatsächlich hielt vor Ihnen in der Landwehrstraße ein weißer Kleintransporter und sie konnten erstmal nicht vorbeifahren, weil er sich mitten in die Straße stellte. Hinter ihnen staute sich auch ziemlich schnell der Verkehr, sodass ein Umkehren auch nicht möglich war. Dann öffnete sich die Türe des Hauses an der linken Straßenseite und ein etwas dicklicher Mann kam mit einem großen Karton in der Hand heraus.

Hatterer stieg aus, zeigte seinen Dienstausweis und fragte höflich, was denn los sei und dass sie dringend vorbeifahren müssten.

„Wir laden die Residenz ein!", sagte der Mann mit dem Karton in den Händen. Sein Kopf war bereits rot angelaufen.

„Was machen sie? Die Residenz einladen, wollen sie mich verarschen?"

Der Mann stellte den großen Transport Karton ab, nahm den Deckel ab, „schauen sie mal rein!"

Hatterer sah lauter Legosteine und dann fiel bei ihm der Groschen.

Der Mann hatte aus über einer Million Legosteine die Würzburger Residenz und Weltkulturerbe nachgebaut.

„Man hat ja sonst nichts zu tun. Wir müssen trotzdem durch, fahren sie einfach ein Stück weiter auf das Trottoir!"

Nach zehn Minuten konnten sie weiterfahren. „So ein Bullshit! Früher als Kind habe ich auch immer gerne mit Legosteinen gespielt. Am liebsten habe ich Mondraketen gebastelt. Heute scheint es mir so, als wäre das nie geschehen." Erzählte Hatterer leicht fluchend. Elsa lachte. „Jedem das seine!"

Kapitel 7 - Von Kleinrinderfeld zum Modeblogger

In Sommerhausen war die Durchfahrt über die Brücke nach Winterhausen wegen Straßenbauarbeiten gesperrt und so fuhren sie die Umleitung über Goßmannsdorf. Nach einer knappen Stunde waren sie am wieder aufgebauten Jagdhaus in Kleinrinderfeld angekommen. Es roch herb-Säuerlich nach frischem Eichenholz.

Sie klopften an der dunkelgrün gestrichenen Holztüre und ein junger Mann Mitte dreißig, in trendigen Camouflage-Jagdklamotten und orangenem Hutband, machte die Türe auf. Auf dem ersten Blick dachte Hatterer an Happy Obise als er den Mann sah.

„Guten Tag, Kriminalpolizei!" Elsa reckte ihren Ausweis.

„Sind sie der Besitzer der Hütte?"

„Nein, ich habe nur einen Begehungsschein für die Jagd und sie haben Glück, dass sie mich überhaupt antreffen. Sind sie von der Versicherung?"

„Wieso Versicherung, sind sie taub und blind? Ich habe Ihnen doch gerade meinen Ausweis gezeigt. Wer ist denn jetzt der Besitzer der Jagd und dem wiederaufgebauten Jagdhaus hier?"

„Sorry habe ich nicht verstanden! Na, Leopold Graf von Walchenberg, dem Bruder des Vorbesitzers, der ja ermordet wurde! Er ist der Pächter der Jagd. Sie ist in der Familie geblieben."

Elsa schaute Hatterer fragend an und knurrte den jungen Mann an.

„Das wissen sie also. Sie haben sich noch gar nicht vorgestellt. Wie war ihr Name?"

Sie nahm ihr Moleskine und einen Kugelschreiber und schaute den Mann fragend an.

„Bernhard Krämer!"

„Sagen sie den Grafen, dass er sich bei uns melden soll. Hier ist meine Karte. Wiedersehen und viel Spaß beim Jagen. Sagen sie, was darf man mit einem Begehungsschein im Winter denn so jagen?"

„Mit meinem Jagderlaubnisschein darf ich nach Absprache mit der Behörde Raubzeug, Sauen und Füchse erlegen!"

„Und schon Wildschweine erlegt?"

„Wir haben hier gute Ansitzmöglichkeiten, da geht das schon ganz gut. Ich glaube, es waren in diesem Winter schon zwölf Sauen, die ich erlegen konnte."

„Wir ziehen ab. Machen sie es gut, auf Wiedersehen!"

Sie fuhren zurück nach Kitzingen im Radio spielte Drivers seat.

„Schau mal, wie er wieder aussieht!"

„Ich muss mich auf den Verkehr konzentrieren!"

„Jetzt schau doch mal links, der Gersteg, wie er wieder aussieht. Aber irgendwie geil, der gelbe Hoodie mit den Papageien drauf!"

„Der traut sich wenigstens was!"

Elsa hupte ihren ehemaligen Kollegen und der winkte amüsiert zurück. Gersteg, der jetzt sein Geld als Influencer, Modeblogger und Model verdiente, machte eine lustige Pose und grüßte dann wie ein Soldat.

„Schon eine coole Socke, schade, dass er auf Männer steht. Es ist immer ein innerliches Blumenpflücken, wenn ich ihn sehe!"

Arne Hatterer lächelte: "Ja der schöne Eduard, ich habe ihn ja gemocht. Ab und zu schaue ich auf seinen Blog. Hab mir jetzt auf seine Empfehlung hin ein Sweetshirt bei einem Online Schneider in Polen bestellt!"

Elsa parkte den Mazda MX-5 RF gekonnt ein.

„Autofahren kann sie ja", dachte ihr Partner.

„In Polen?? Weißt du eigentlich, wo dieser Bodenstein im Bau sitzt?"

„Nö, willst du ihn einen Besuch abstatten?", sagte Hatterer beim Gang in die Dienststelle.

„In den Akten steht das er in der JVA in Würzburg/Ost einsitzt."

Elsa schnaufte durch, stellte den Kaffeebecher auf den Tisch und gab Hatterer zu verstehen, dass sie da jetzt gleich anruft, um einen Termin auszumachen. Er verabschiedete sich von ihr mit einem feuchten Kuss auf den Hals und dem Seufzer: „Aaah war das wieder ein Tag!", in den Feierabend.

Er ging zum Discounter einkaufen. Magerquark, Eier, fettarmer Jogurt, gefrorene Früchte, Leinöl, Toilettenpapier, Haferkleie, ein Sträußchen gelb-roter Tulpen, Tomaten und Gurken in Folie. Nicht, dass er auf Folien stand, aber das Gemüse gab es halt nur in Folie verpackt. So langsam verstand er die Jugendlichen, die mit ihren Schulstreiks auf den Kilmaschutz aufmerksam machten.

41

Mit seinem alten dunkelblauen Ford Fokus fuhr er dann noch zum Tanken zu einer günstigen Baumarkt-Tankstelle.

Halbe Stunde auf der Coach, dann ging es ab in die Würzburger Posthalle: Unplugged, akustisch, reduziert... Ambros pur! Im Zentralfriedhof wurde immer noch gefeiert. Hatterer konnte den Text mitsingen. Es war ein großartiges Konzert.

Kapitel 8 - Bodenstein

Es dauerte eine Weile, bis sich Elsa am nächsten Morgen aus ihrer kuscheligen Kaschmirdecke geschält hatte. Ungeduldig rutschte Hatterer auf den Küchenstuhl herum. Nach einer halben Stunde war Frau Menzel soweit und es ging ab ins Büro.

„Ich habe für heute den Termin im Knast mit Bodenstein fix. Gleich um 10 Uhr haben wir die Vernehmung".

Sie mussten alles ablegen. Pistolen, Dienstmarken, Kugelschreiber. Durch drei aufeinanderfolgende Türen ging es dann in ein Besucherzimmer.

Bodenstein wurde mit Handschellen hereingeführt. Er setzte sich ohne Umschweife und schaute die beiden Kommissare verächtlich an.

„Kommen wir gleich zur Sache. Was wissen sie über das Verschwinden von Leo Meier!"

Bodenstein sagte nix, außer dass er eine Zigarette haben möchte.

„Wenn sie mit uns sprechen und sagen was sie wissen, bekommen sie eine ganze Stange Zigaretten!"

Bodenstein lächelte bitter und fragte, ob das alles sei.

Hatterer gab ihm zu verstehen das es nicht in ihrer Hand lag, ihm irgendwelche Hafterleichterungen zu verschaffen und er sich auch nicht in der Lage befände, diese einzufordern. Sie könnten nur seine Kooperationsverhalten bei der Strafvollstreckungskammer melden.

Bodenstein erzählt, dass er Meier auch nicht so gut gekannt hatte. Sie sollten doch einmal bei einem gewissen Friedrich Laue vorbeischauen – diese Person hatte uns damals vor vier Jahren besonders genervt.

„Wo finden wir den Friedrich Laue?" „Das müsst ihr schon selber herausfinden. Ich habe da wirklich keine Ahnung."

„Okay Herr Bodenstein, dann bedanken wir uns und wünschen noch einen angenehmen Aufenthalt!"

„Arschloch!"

„Das habe ich gehört!", brummte Hatterer.

Zum Mittagessen fuhren sie zu einem Asia Imbiss im Mainfrankenpark, der auf dem Weg zurück nach Kitzingen lag. Bratnudeln mit Ei und Hühnerfleisch.

In der Dienststelle suchten sie dann die Adresse von diesem Friedrich Laue heraus und alles was sie über ihn finden konnten.

Er war wohl so eine Art Bordellbesitzer mit drei Häusern in Würzburg, Zellingen und Schweinfurt. Er hatte ein paar Anzeigen wegen Körperverletzung und vor einem Jahr wurde er bei einer Schießerei in Etwashausen angeschossen.

Er wohnte im Innopark in Kitzingen, was für die beiden Ermittler eine kurze Wegstrecke bedeutete.

„Okay, da fahren wir morgen früh dann gleich hin. Ich rufe heute noch an und mache den Termin fix. Bin ich morgen dran mit dem Fahren."

„Logo, wenn du willst, kannst du ja eine halbe Stunde früher vorbeikommen!"

„Ich weiß nicht, ob ich Lust auf einen Quickie habe!
Was ist mit heute!"

„Heute Abend ist Fußball. Pokal Bayern gegen Herta!"
Elsa schaute verwirrt und böse zugleich und schimpfte:
„Ja und wenn der Schnee schmilzt, wird man sehen,
wo die Kacke liegt! Das ist doch auch so ein komisches
Fußball Geschwafel. Aber wie du willst. Ich habe eh
noch Bügelwäsche rumfliegen."

Schweigend fuhren sie in den Feierabend. In Kaltensondheim stieg Hatterer aus."Also bis morgen dann!"
„Viel Spaß beim Fußballglotzen!"

Kapitel 9 Herr Laue

Die roten Neonziffern seines Radioweckers zeigten zehn vor sieben Uhr an. Es ist schön mit David Gilmors „Wish you were here" geweckt zu werden. Passend zu seiner Stimmung. Hatterer sprang aus dem Bett und freute sich auf Elsa.

Es klingelte an der Haustüre, er sprang nur in Boxershorts bekleidet die Treppe hinunter, um Elsa zu öffnen. Es war der Nachbar, der noch Platz in der blauen Papiertonne hatte. „Also, wenn du noch was findest, es ist noch Platz!" Tatsächlich hatte Hatterer noch einen Stoß alter Zeitungen rumliegen, die später ihren Platz in der Tonne fanden.

Er setzte dann leicht enttäuscht den Espresso auf. Nach dem Duschen, Zeitung holen und ein Doppeldecker Brot mit Ziegenrahm schmieren. Er machte immer noch einen Klacks Tomatenmark drauf, schmeckte ihm einfach besser.

Dann klingelte es abermals, diesmal war es Elsa.

„Was ist?" „Was soll sein, ach so. Klar. Willst du erst einen Espresso?"

Elsa verdrehte die Augen nach oben, legte ihren Mantel ab und brabbelte, dass er einschenken soll.

Von hinten langte Hatterer an ihre wohlgeformten Brüste, die noch in einem ziemlich engen, roten Rollkragenpullover steckten. Sie liebte es, wenn er sie streichelte, küsste, leckte und liebkoste. Sie sagte zu ihm ganz leise, dass er mit seinem Orgasmus warten soll, bis sie ihren gehabt hatte. Er werde es schon hören und fühlen. Ja, Elsa ist auch beim Sex pragmatisch und sagt was sie denkt und fühlt.

„Für Frauen ist es echt frustrierend, wenn die Männer ihren Saft abgeladen haben und die Frauen unbefriedigt neben ihnen im Bett liegen."

Hatterer musste jetzt aufpassen, konzentrieren und zurückhalten. Erst als Elsa lustvoll aufschrie, konnte er so richtig loslegen.

Sie streichelte sein frischgewaschenes Haar. „Du riechst gut. Komm lass uns gehen!" Es wäre sehr schön gewesen, sagte Elsa beim Hinuntergehen. Hatterer klopfte ihr mit der flachen Hand auf den Hintern.

Elsa winkte in die Überwachungskamera und die Schranke ging nach oben. Sie bogen nach rechts in den privaten Bereich des Industriepark ab.

Dann standen sie vor der sündhaft teuren Fassade, mit vorgelagertem Lamellen-Sonnenschutz, in Rauchglas und staunten.

„Was für ein Luxus!"

Es dauerte einige Minuten bis geöffnet wurde.

Sie stellten sich beim Hausherrn vor. Laue ging an einem Stock mit silbernem Knauf und war sichtlich erkältet. Er erzählte beim Hinaufgehen in die Wohnung, dass er den Stock eigentlich nicht mehr brauchen würde. Es sei so eine Art Angewohnheit und der Gehstock würde ihm so gefallen.

„Herr Laue, sie wissen, wieso wir hier sind?"

„Keine Ahnung, aber sie werden es mir doch sicherlich gleich sagen!"

Hatterer holte tief Luft und brummte: „Schön haben sie es hier. Ist Leo Meier auch einmal hier bei ihnen in der Wohnung gewesen?"

Für einen fast unmerklichen Augenblick stutzte Laue. Er zog seine Schultern kurz nach oben und sagte: „Ich kenne keinen Leo Meier, wer soll das sein? Nehmen Sie bitteschön Platz. Darf ich Ihnen was zu trinken anbieten?" Hatterer versuchte lässig zu wirken und lümmelte sich etwas hin.

Ohne den beruhigenden Beischlaf vor einer Stunde wäre Elsa sicherlich der Kragen geplatzt. Jetzt fragte sie ruhig. „Sagt ihnen Kleinrinderfeld etwas, es gibt ein Video, auf dem Sie darauf zu sehen sind. Sozusagen in der Hauptrolle."

Hatterer ließ sich, am Nußbaumtisch, ein Glas Wasser einschenken.

Ein entspannter Laue rührte in seinem Darjeeling und leckte genüsslich den Teelöffel ab. Dabei erwiderte er: „Bitteschön. Sicherlich kenne ich Kleinrinderfeld aber von einem Video weiß ich jetzt nichts. Was wollen sie von mir?"

Laue prollt nicht rum, ist höflich und zuvorkommend, Elsa weiß nicht, wo sie einhaken kann.

Laue stand auf und drehte sich zu seiner großen Fensterfront, Hatterer steckte den Teelöffel ein.

Eine Frau mit dicken Krautstampfern kommt herein. „Olga was gibt es?" „Herr Laue, alles sauber. Ich machen jetzt Abend von Feier und gehen nach Hause. Ist noch was?"

„Passt schon Olga, schönen Tag noch! Und grüßen sie mir ihren Mann"

„Leben sie alleine hier, wo ist ihre Frau?" Elsa wollte es genau wissen.

„Eigentlich geht sie das überhaupt nichts an. Aber damit sie sehen, dass ich zur Kooperation bereit bin, sage ich es Ihnen. Wir sind geschieden. Sie lebt jetzt in Marokko mit ihrem neuen, arabischen Stecher und den beiden Kindern. Mehr weiß ich nicht. Finden sie es raus. Sie kennen den Weg hinaus? Ich gebe Ihnen nicht die Hand, sonst stecke ich sie noch an."

„Könnte ich noch einmal ihre Toilette benutzen?"

„Gästeklo ist beim Eingang unten links!"

Hatterer und Elsa sagten leise auf Wiedersehen und gingen hinunter zur großen Panzerglastüre.

Beim Hinausgehen zwängte sich ein Mann durch die Türe an ihnen vorbei ohne groß zu Grüßen. Sie hörten nur das Laue ihn mit: „Alte Ratte, Grüß dich, Ziemann!" begrüßt hatte.

Hatterer war etwas ratlos: „Mann das wird eine harte Nuss, wenn wir nicht liefern können, sagt der Typ kein Wort. Kann ja auch sein, dass er mit dem Tode von Meier nichts zu tun hat!"

„Wir werden es herausfinden. Was haben wir?" fragte Elsa, während sie den Zündschlüssel herumdrehte und den Mazda startete. Hatterer sagte nur: „Herzlichen Glückwunsch, ihr findet selbst raus, war einen Versuch wert. Aber der Typ ist gerissen!" Wohlwissend das sie nichts wissen.

Es fing sachte an zu schneien.

„Eigentlich haben wir bis jetzt gar nichts, wir müssen die Akten und die Dateien durchschauen vielleicht finden wir einen neuen Ansatz!"

„Wäre ja auch zu schön gewesen. Komm ich lade dich auf einen Kaffee und ein Stück Butterkuchen ein!"

Elsa ging nur mit Widerwillen mit, eigentlich wollte sie im Büro Gas geben.

„Heute Abend wieder Fußball!"

„Logo, Dortmund - Eintracht im Pokal. Wusstest du, dass ein eingefleischter Arsenal London Fan seine Tochter nach dem Verein genannt hat und seine Frau hat zwei Jahre nichts davon gemerkt oder gewusst?"

„Wie geht denn sowas und was ist Arsenal?"

Hatterer schaute Elsa erstaunt an: „Arsenal London! Noch nie was gehört von dem Verein?? Seine Tochter hat er Lanesra taufen lassen. Fällt dir was auf?" „Nö, du fragst wieder ein Zeuch!"

„Lanesra ist Arsenal rückwärts geschrieben!"

Hatterer fiel vor Lachen fast unter die Theke.

„Du bist so ein Arsch. Komm jetzt, trink deinen Kaffee aus, wir haben noch viel Arbeit vor uns!"

Franz Heil machte gerade Feierabend, als Elsa und Hatterer in die Wache kamen.

„Du hasts schön!" sinnierte Hatterer im Vorbeigehen. Im Büro schüttelten sie sich erst mal die Kälte aus den Klamotten und fuhren den PC hoch.

Im Computer fiel ihnen neben den Namen Friedrich Laue in den Akten immer wieder der Name Gottfried Meister auf.

„Meister soll bei einem Unfall in Nordheim vor ein paar Jahren eine größere Geldsumme gefunden haben. Die er angeblich dann auch mitgenommen haben soll. Es gab zwei Todesfälle dabei, der Kurier und eine Prostituierte aus Litauen, die mit im Fahrzeug saß und später im Krankenhaus verstarb. Ob das aber mit dem Verschwinden von Leo Meier zu tun hat, darüber steht nichts in den Akten.

Du kennst doch noch die alte Geschichte. Mit dem Preissler und dem Typen vom Womoplatz. Das hängt da alles irgendwie zusammen.

Meister nennt sich ja jetzt Markus Wolf und lebt im Spessart. Kilian von Stein, unser früherer Chef, kannte ihn ja gut. Wir können ihn ja mal befragen."

Hatterer war im Gedanken versunken. „Ja sprech ich jetzt mit der Wand?"

„Was hast du gesagt?"

„Vergiss es!"

Menzel telefonierte dann noch mit ihrem alten Vorgesetzten aus normalen Würzburger Kripozeiten. Stein freute sich und versprach in den nächsten Tagen vorbeizukommen.

Friedrich Laue hingegen telefonierte auch, und zwar mit seinem früheren Mitarbeiter Oleg Kaminski. Sie waren einmal die besten Freunde, mittlerweile sind sie soweit, dass sie fast kein Wort mehr zusammen wechselten.

„Was willst du Freddy. Ich habe überhaupt keine Zeit, mein Laden ist voll."

„Kleinen Augenblick Oleg, die Bullen waren bei mir und sie suchen den Meier. Nur das du Bescheid weißt, wenn sie auch bei dir aufkreuzen sollten!"

„Wieso sollen die bei mir aufkreuzen. Meier ist gut verpackt und beschwert, der kommt so schnell nicht hoch. Ich muss Schluss machen. Scheißen du dir nicht in Hose!"

Eingehängt. Freddy schaute den Hörer an und legte auf. Er liebte sein altes schwarzes Bakelit Telefon mit der Wählscheibe.

Scheiß drauf, wird schon gut gehen. Dachte er beim Hinuntergehen. Er ging in die Garage und stieg in seinen goldbraunen BMW i8 Roadster ein, ließ das Garagentor hoch und fuhr davon. Er hatte in seinen Häusern zu tun.

Kapitel 10 - Hand in Hand

Fast zur gleichen Zeit am Rande des Pumpspeicher-
kraftwerkes bei Langenprozelten fiel dem langjährigen
Mitarbeiter Franz Waldmann ein Stück weiße Plastikfolie auf, die auf dem Unterbecken trieb.

„Mach ich morgen in der Spätschicht, wenns die von
der Frühschicht nicht schon rausgefischt ham! Dass die
Leute ihre Plastiktüten auch überall hinschmeißen
müssen." dachte er für sich und stampfte in einer Mischung aus Arbeitskleidung und Tracht zu seinem alten Golf.

Hatterer war froh, dass er zu Hause war. Das kleine
Häuschen am Rande von Kaltensondheim hatte er von
seinem Großonkel geerbt. Er war der einzige Erbe gewesen. Die Post aus dem Briefkasten nahm er mit auf
die Coach.

Er machte sich einen schwarzen Tee. Kandis in die
Tasse aufgießen und dann ein Wölkchen Sahne
obendrauf. So mochte er ihn am liebsten.

Der Brief war vom Ordnungsamt und beschrieb etwas,
was er im ersten Moment gar nicht so recht verstand.

*„Ihr raumübergreifendes Großgrün, dass bei einer
Augenscheinnahme der Spontanvegetation im Herbst
ihres Grundstückes festgestellt wurde, ist unverzüglich
auszugleichen. Hochachtungsvoll blah, blah, blah"*

„Hä? Was jetzt los, bin ich auf einem anderen Planeten. Scheiß Beamtendeutsch", dachte er für sich.

Als er die Türe zum Garten öffnete, blies ihm ein
Windstoß mit eiskalter Luft entgegen. Er ging ein paar

Meter zum hinteren Eingang seines Nachbarn und klopfte an die Tür.

Eigentlich verstand er sich mit Herbert Schleret sehr gut. „Kann ich reinkommen?"

„Zieh deine Schuhe aus und setz dich, willst was trink. Hab grad einen Bocksbeutel aufgezogen. Sulzfelder Maustal Silvaner Kabinett", „lass mal, hier les des mal durch!" Schleret runzelte die Stirn und rief seine Frau: „Renate komm doch a mal her, des musst lääs und bring mei Brill mit!"

Renate war eine Endsechzigerin, sie hatte eine dreißigjährige Karriere als Kassiererin in verschiedenen Discountern hinter sich und ihre roten Bäckchen glänzten. Mit Herbert führte sie eine harmonische Ehe, die schon über vierzig Jahre anhielt.

„Ja denselben Wisch haben wir doch auch bekommen. Was für ein Deutsch!"

Hatterer schnaufte durch: „Dann warten wir halt mal, was da kommt vom Amt!"

Lachend verabschiedete er sich.

Neben dem Brief vom Ordnungsamt war noch ein Angebot eines Malergeschäftes dabei, das sich darauf spezialisiert hatte, Häuser in alternativen Materialien anzustreichen. Hatterer interessierte sich für sein Holzhaus für eine spezielle Farbe, die in Fachkreisen Falun-Rot genannt wird. Und viel in Schweden zum Einsatz kommt. Sie eignet sich laut Herstellerangaben sehr gut, um Häuserfassaden aus Holz zu schützen und zu imprägnieren.

Am nächsten Morgen war er dann wieder mit dem zur Dienststelle fahren an der Reihe. Er fuhr Richtung Erlach, um Elsa dort abzuholen. Es war ziemlich neblig, fast hätte er einen Rollerfahrer nicht gesehen.

„Eigentlich wohnst du sehr schön hier!"

Elsa sah etwas unaufgeräumt aus und fing auch gleich zu schimpfen an.

„Scheiß Typ der Vermieter, er will jetzt schon zum zweiten Mal innerhalb von einem Jahr die Miete erhöhen. Energetische Sanierung und so. Für die zwei Zimmer soll ich jetzt ab dem nächsten Monat 890.- Euro kalt zahlen und das in Erlach mit einem äußerst lahmen Internetanschluss."

Hatterer schaute sie an, sagte erstmal nichts. Elsa polterte weiter schimpfend die Treppe hinunter und er lief hinten nach.

Er ließ den Motor des Fokus an und fuhr aus der gepflasterten Einfahrt hinaus.

Auf Höhe des Erlacher Sportplatz, Richtung Sulzfeld, sagte er dann zu Elsa, dass sie bei ihm einziehen könnte, wenn sie mag. Er hätte genügend Platz für Beide.

„Hey Hatterer, dass mal ein Angebot."

Hatterer langte zu ihr hinüber und Elsa genoss die sanfte Berührung, als seine Hände ihren Nacken streichelten. Auf Höhe der Autobahnbrücke hielt er an und sie küssten sich leidenschaftlich.

Es hupte, der Fahrer eines Getränkefahrzeugs hinter ihnen, gestikulierte wild mit den Armen. Hatterer zog den Reißverschluss seiner Hose wieder zu und fuhr weiter. Elsa knöpfte die Bluse zu und strahlte dabei

ihren Arne an. Nach diesem Angebot war es jetzt „ihr"
Arne.
Der Berg hinunter nach Sulzfeld war noch nicht ge-
streut. Hatterer rutschte mehr hinunter als das er fuhr.
„Scheiße!"

In Kitzingen an der Ampel beim Lidlmarkt, sah Elsa
ein Plakat von der World Press Ausstellung in der Rat-
haushalle.
„Wollen wir da heute hin?"
„Wohin?" „Na zur World Press Ausstellung. Heute zur
Eröffnung kommt die Kuratorin aus Amsterdam!"

Der Tag im Büro war anstrengend. Sie konnten nach-
lesen, dass Meier eine Villa in Marktbreit hatte, dass er
in Steuertricksereien verstrickt war und das sein ehe-
maliger Compagnon und Komplize Raymund Müller
seine Frau und deren Liebhaber und dann sich selbst
erschossen hatte.

Was für eine Tragik, dachte Elsa als sie bereits in der
zweiten Reihe bei der feierlichen Ausstellungseröff-
nung saß. Sie hörte dabei Alexander Skriabins Etüde
in cis-Moll von einem begnadeten Pianisten. Hatterer
hing neben ihr in den Seilen und schnarchte. Leute
drehten sich um und Elsa gab ihm einen kräftigen Stoß
in die Seite.

Auf der Heimfahrt nach Kaltensondheim lachte Elsa:
„Du bist schon so ein Schnarchsack!"

„Was interessiert mich das Gelaber, die Pressebilder sind ja nicht schlecht. So richtig fällt mir dazu aber auch nichts ein! Mir gefällt halt die Bubble-Up Fotografie gut. Spontane Sachen ohne viel Equipment. Willst du bei mir übernachten?"

Ein Reh sprang hinter der Autobahnbrücke über die Straße und dann noch ein Zweites.

„Puh das war knapp!"

Elsa überlegte kurz und fragte dann, ob er auch was zu trinken im Haus hat.

„Ein Roter sollte noch da sein!"

Hatterer insistierte mit Nachdruck den Beischlaf mit Elsa.

Danach dachte sie, dass Arne schon ein verdammt guter Liebhaber sei, auch wenn er danach immer schnell einschläft. Alles an ihm stimmte. Es war ihr fast unheimlich, so geil war der Sex mit ihm. Elsa fragte sich manchmal, woher er in wirklich jeder Sekunde wusste, wie und wo und in welcher Intensität er sie streicheln sollte. Sie machte die Augen zu und schlief ebenfalls ein. Sie träumte vom Umzugswagen, der aussah wie ein Fahrzeug vom Rosenmontagsumzug mit einem riesigen Kopf ihres Vermieters, aufgespießt auf einer riesigen Lanze.

Am Morgen als sie gerade fahren wollten bekam Elsa einen Anruf der Unterfränkischen Polizeipräsidentin Susanna Porzuck: „Wie weit seid ihr mit den beiden Fällen? Haben sie schon was Zählbares? Mit ein paar

Anhaltspunkten würde Aktenzeichen YX mit einsteigen!"

„Wir haben noch nicht viel. Lage sondiert und außerdem wurden wir gebeten, ein paar Dienststunden in der Kitzinger Wache zu übernehmen."

„Was haben sie? Sie sind wohl von allen guten Geistern verlassen! Ich brauche Ergebnisse und keinen Dienst auf der Wache. Haben sie das verstanden. Kommen sie mit Hatterer klar? Sie kannten sich ja schon von der Würzburger Dienststelle und dem KDD."

Hatterer schaute sie fragend an, während er in den Mazda einstieg. Elsa mit dem Smartphone am Ohr, machte ebenfalls die Türe zum Auto auf.

„Ja, selbstverständlich gehen die Ermittlungen vor und mit Hatterer komme ich klar. Wir arbeiten sozusagen Hand in Hand." Hatterer lachte lustvoll. „Wir kommen die Tage nochmal ins Präsidium. Wenn sie dann Zeit hätten auf ein kurzes Gespräch, wäre das hilfreich."

Kapitel 11 - Kilian von Stein

In Langenprozelten angelte, der kurz vor der Pension stehende Franz Waldmann, derweil den Plastikfetzen heraus, der auf den Staubecken schwamm.
Dann beobachtete er noch einen Glockenreiher bei seinem Spiel auf den Seerosen im benachbarten Landschaftssee.

Im Büro meldete sich nach der ersten Pause Weichenbergs Bruder an. Ob er am Mittag vorbeikommen könnte.
In der Zwischenzeit fuhren die beiden Mitglieder der Soko „Missing" nach Marktbreit um den ehemaligen Wohnsitz des vermissten Leo Meier in Augenschein zu nehmen.
„Nicht übel der Schuppen!"
Sie klingelten, aber niemand öffnete.
„Ich kenne hier in Marktbreit einen netten Griechen oben am Berg Richtung Enheim!"
Elsa schnalzte mit der Zunge.
„Auf was wartest du!"
Sie bestellten zweimal Gyros mit Bauernsalat. Elsa trank ein Glas Wasser und Hatterer eine Cola Light. Zum Dessert gab es einen Ouzo für jeden.

Kaum waren sie wieder in Ihrem Büro in Kitzingen, als es auch schon an ihrer farbeabspringenden Türe klopfte. Ein Mann mit Silber glänzenden Haaren, die er zu einem Zopf zusammengebunden hatte, stand im Türrahmen.

„Weichenberg, sie wollen mich befragen? Darf ich fragen, um was es geht und machen sie bitte zügig, ich habe noch einen Termin bei der Winzergenossenschaft!"

„Grüß Gott!", sagte Elsa, „können sie uns etwas zu den früheren Bekannten ihres Bruders sagen?"

Weichenberg zuckte mit den Schultern: „Wir haben uns auseinandergelebt. Eigentlich weiß ich gar nichts über ihn. Er war in Brasilien und Argentinien, hat im Rindfleischhandel gearbeitet und ist dort mächtig abgezockt worden. Das war das letzte was ich von ihm hörte. Haben wirs? Ich glaube kaum, dass sie das protokolieren müssen!"

„Ja, wenn sie nicht mehr dazu zu sagen haben, dann haben wirs. Vielen Dank dass sie so schnell kommen konnten."

„Hier habe ich noch was, das Feuerzeug hier habe ich vom Kleinrinderfelder Feuerwehrkommandant bekommen, als ich den Brandschaden begutachtete. Mein Bruder war ja da schon nicht mehr zu erreichen. Ich wollte es eigentlich wegschmeißen. Bitteschön!"

Hatterer und Elsa schauten sich an.

„Oh Dankeschön, vielleicht bringt uns das ja weiter!"

„Adieu, zusammen."

Sie packten das Feuerzeug in einen Plastikbeutel für die Kriminaltechnik, ohne sich große Hoffnungen auf irgendwelche brauchbaren Spuren zu machen.

„Hier habe ich noch was für die KTU, einen Teelöffel von Laue, den können sie gleich mit untersuchen. Wobei ich jetzt nicht sagen will, dass die beiden Teile zusammengehören."

„Wir werden sehen!"

Abends auf der Couch kam in den Frankennachrichten im Fernsehen, das in Würzburg über 400 Bäume gefällt werden müssen. Der Sommer war für sie zu heiß gewesen und sie sind vertrocknet. Libanon Zedern sollen es jetzt richten. Beim Club wurden der Trainer und sein Adlatus gefeuert. Letzter Tabellenplatz in der Bundesliga. In Landshut steht die Bananen-Bande vor Gericht. Elf Albaner des Paraguay-Kartell, wie sie bei den Kollegen des Rauschgiftdezernats in Niederbayern genannt werden, sollen bandenmäßigen unerlaubten Handel mit Betäubungsmitteln in nicht geringer Menge betrieben haben. Die Ermittlerkollegen gehen davon aus, dass die Angeklagten Teil eines Netzwerks waren, das zwischen September 2017 und April 2018 etwa zwei Tonnen Kokain nach Deutschland geschmuggelt haben sollen. Die Albaner flogen auf, als im Sommer 2017 immer wieder große Mengen Kokain in Supermärkten auftauchten, versteckt in Bananenkartons. Die Angeklagten sollen dabei immer wieder in Bananen-Reifehallen eingebrochen sein, um dort das Kokain, das in Bananenkartons geschmuggelt wurde, herauszuholen. Mal klappte es, mal nicht. Anscheinend haben sie es einmal nicht geschafft und das Kokain landete dann im Lebensmittelhandel eines großen süddeutschen Discounters, dessen Mitarbeiter es dann der Polizei meldeten.

Nach den Nachrichten vereinten sich Mars und Venus auf dem großen Ecksofa. Elsa genoss es sehr.

Seit zwei Monaten schlafen sie nun schon mehrmals in der Woche miteinander. Es war am Anfang eine offene Beziehung. Beide hatten sie nicht damit gerechnet, dass sie sich so näherkommen und eine Liebesbeziehung beginnen. Qualität war letztlich wesentlich besser als Quantität. Das galt für beide nicht nur beim Job, sondern auch im Bett. Und der positive Nebeneffekt war, dass sie nun auch viel mehr Zeit zum Leben hatte, nachdem Elsa bei Hatterer eingezogen war.

Am „Tag des Notrufs", ging kurz nach ihrem Eintreffen im Büro das Telefon. Es war der Chef der Kriminaltechnik, Herbert Kiesgruber. „Es gibt eine Disparität bei den eingereichten Objekten. Aber auf dem Feuerzeug haben wir bei einem gut erhaltenen Dreiviertelabdruck lokalisieren können, dass dieser von einem gewissen Frank Becker stammt!"
„Danke Herr Kiesgruber, klasse Arbeit!"
„Ja passt schon, ich dachte mir, ich verständige sie gleich persönlich!"

Nach kurzer Recherche im Polizeicomputer wussten sie, dass dieser Becker keine Brötchen bäckt. Es war handelte sich um einen Bodybilder, der Jobs als

Security-Mitarbeiter machte, zudem kam er als Klein-krimineller immer wieder mit dem Gesetz in Konflikt. Der PC spuckte eine Adresse in Veitshöchheim aus. Hatterer und Menzel machten sich gleich auf den Weg. Im Autoradio kam Doctor Hook – "Better Love Next Time". Hattinger, nie um einen dummen Spruch verlegen, sagte zu Elsa, dass es immer gut ist, einen Doktor in der Nähe zu haben, besonders für einen Hypochonder, wie er einer wäre.

Sie parkten auf dem kleinen Parkplatz am Rokokogarten.

„Ich habe Hunger, isst du ein Leberkäsweck mit?"

Da war Elsa immer dabei. Sie gingen die paar hundert Meter auf der Veitshöchheimer Haupteinkaufsstraße entlang, betraten eine Metzgerei und holten sich jeder einen LKW (Leberkäsweck). „Für mich bitte mit Senf!", rief Hatterer über die Theke der Metzgereiverkäuferin zu.

„Bittschö! Lassen sichs schmeck!"

Beim Hinausgehen wurde Hatterer von einem jüngeren Mann, der gerade in die Metzgerei stürmte, in dem Moment angerempelt als er in den LKW beißen wollte. Der Leberkäs flutschte aus dem Brötchen und flog, nach einer Zwischenstation auf Hatterers Jacke, neben eine ältere Frau, die gerade mit ihrem Pudel Bruno Gassi ging. „Scheiße…können sie nicht aufpassen!", schrie er den erschrockenen Jüngling an. „Bitte entschuldigen sie!" Hatterer war außer sich: „Scheiß auf die Entschuldigung, schauen Sie doch, wie meine neue Jacke jetzt aussieht!" Die Metzgereiverkäuferin schrie aus dem Laden heraus, dass er zum Reinigen Gallseife verwenden solle.

Hündchen Bruno leckte sich die Schnauze und der junge Hipster zog eine Geldscheinklemme aus der Hosentasche, zog einen Zwanni aus dem Bündel Scheine und gab ihm wortlos Hatterer und ging dann in die Metzgerei.

„Haben wir Gallseife zu Hause?", fragte er dann Elsa, die gerade den letzten Happen ihres LKW genüsslich in ihren sinnlichen Mund schob.

„Müssen wir kaufen, du hast doch einen Zwanziger bekommen!"

Sie schaute ihn an und sagte lachend: „Von wegen neuer Jacke, den Fetzen hast du doch schon vor zwei Jahren angehabt!"

Hatterer schmiss das leberkäsfreie Brötchen über den Gehsteig und sie gingen weiter zum bunt bemalten Fastnachtshaus, wo von Michl Müller bis Heißmann & Rassau alle Koryphäen der fränkischen Fastnacht auf die Fassade aufgemalt waren, dann ging es in die Herrnstraße, wo Frank Becker wohnte.

Da die beiden Beamten Becker nicht antrafen, jedenfalls öffnete niemand die Türe, steckten sie eine Nachricht in den mit Werbeprospekten überquellenden Briefkasten.

„Kannst vergess, des bringt doch nix!"

„Schau mer a mal!" erwiderte Elsa.

Im Fahrzeug zählte Elsa Vorschläge auf, was zu tun ist. Eine Verbindung zwischen Becker und Laue herausfinden. Nochmal mit Bodenstein reden und Laue eine

Einladung für eine erneute Vernehmung im Präsidium schicken.

Auf seine gewohnt staksige Art, lief vor Ihnen im langen Flur der Kitzinger Wache Hauptwachtmeister Franz Heil. Er hatte Unterlagen für die Soko Missing dabei. Es war der komplette Bericht der Kriminaltechnik.

Sie waren am Anfang des Puzzles, und zwar erst ganz am Rande.

Hatterer ging kurz vor die Türe und dann ins Büro von Franz Hell.

Als er zurück ins Büro kommt geht er einen Schritt zurück. Grinst. In einer gespielt entschuldigenden Geste zieht er hinter seinen Rücken einen Blumenstrauß hervor. „Alles Gute zum Valentinstag!"

„Hey Hatterer, danke du kannst ja ein richtiger Schatz sein!"

Das Telefon klingelte: „Sie können dem Sender sagen, dass er folgendes durchgeben kann: Wer hat Beobachtungen am 20.November 2016 in Kleinrinderfeld gemacht? In der Nacht brannte es in der Gemarkung Richtung Geroldshausen!"

„Mehr habt ihr noch nicht?"

Bestimmt und kurz sagte sie: „Nein!"

„Na gut, es ist ihre Karriere und der Sender meldet sich bei Ihnen!"

Eingehängt.

„Na toll, die Alte spinnt doch und droht mir jetzt sogar mit meiner Karriere. Also Hatterer, wir müssen Gas geben!"

Hatterer schaute verdutzt, in seinem Magen stieg Säure auf.

„Bleib ruhig!" Dachte er und vertiefte sich weiterhin in die Unterlagen.

„Wir müssen den Frank Becker finden. Wir können ihn ja laut PDV 384.1 – VS-NfD als wichtigen Zeugen in einen eventuellen Mordfall bundesweit zur Fahndung ausschreiben lassen!"

Elsa nickte, sie war in einer Statistik über die Jagdpächter in Unterfranken vertieft.

„Ja mach das, du weißt ja wie das Online funktioniert!" Die Leute von Aktenzeichen YX riefen an und Hatterer gab durch, was sie bringen konnten. „Wer hat Beobachtungen am 20.November 2016 in Kleinrinderfeld gemacht?"

Es war jetzt Sisyphusarbeit für die Beiden und es wird noch intensiver kommen.

„Komm, lass uns was beim Metzger in der Herrnstraße essen gehen!"

„Was willst du essen?"

„Schälchen Bratwurstsalat!"

Elsa schaute ihn lachend an, als sie ihren beigen italienischen Designermantel im Belted Coat Style eines Rothenburger Fashionladen anzog.

„Okay, für mich lieber einen richtigen Salat, aber ich komme mit!"

In der Imbissecke der Metzgerei machten sie es sich gemütlich, Elsa schmeckte es gut, sie achtete nicht so sehr auf ihre Figur. Sie liebte ihre Rundungen und wusste genau wie diese auf die Männerwelt wirkten.

Sie war trotz allem nicht dick, bisschen mollig wäre die richtige Bezeichnung ihrer Figur.

Hatterers Smartphone meldete sich mit dem Gestöhne von Donna Summer „Love to Love me Baby".

Elsa verdrehte die Augen.

Es war Herbert Krieshuber, Oberbayer und Chef der Würzburger Kriminaltechnik: „Also die DNA auf dem Löffel stammt nach ihren Angaben von Herrn Friedrich Laue. Wir konnten diese DNA jetzt auch mit ein paar anderen Verbrechen in Verbindung bringen. Sie bekommen bis Anfang nächste Woche einen Bericht von mir. Früher klappt es nicht, das sage ich ihnen gleich. Ich bin ab morgen bei einem Symposium in Weilheim. Schönen Tag und machen sie was draus."

Elsa fragte, wer es denn war.

„Scheiße, heute haben wir Donnerstag, naja wenn es nicht anders geht, schmeckt dein Salat?"

„Geht so!"

In ihrem Büro lag eine Nachricht, dass sie die Message mit dem Sprachschnipsel zur Sendung YX signieren sollten.

„Zeig mal her!"

Ein Mann sprach die Nachricht, die sie so vorgegeben hatten, alles passte und nächsten Mittwoch wird gesendet.

Ihre Arbeit nach der Suche von Leo Meier gestaltete sich auch so schwierig, weil keinerlei DNA von ihm vorhanden war. „Aber bring das mal unserer Obertussi bei", schimpfte Elsa.

Es klopfte, der pensionierte Kriminalhauptkommissar, ihr früherer Chef, Felix von Stein, stand in der Tür.

„Hallo ich war gerade in der Stadt bei meinem Augenarzt, da dachte ich schau doch mal bei den Kollegen vorbei!"

Elsa stand auf gab ihm die Hand und bot von Stein einen Stuhl an. Hatterer bemerkte, wie Stein Elsa auf den Hintern im engen Kleidchen starrte und sagte nur leise „Hallo großer Meister".

„Wie kann ich euch helfen?" Während er das sagte, ließ er seine Fingergelenke knacken, wie er es früher auch schon immer gemacht hatte.

Er verschränkte die Beine übereinander und wartete auf eine Antwort.

„Weißt du etwas über Friedrich Laue?"

„Also lasst mich kurz nachdenken." Nach einigen Minuten holte Stein aus: „Sein Opa und seine Oma waren Flüchtlinge aus dem Sudetenland, sie kamen, soweit ich mich an seine Geschichte erinnere, nach dem Krieg aus Falkenau, dem heutigen Sokolov nach Unterfranken und er wuchs in ärmlichen Verhältnissen in der Würzburger Zellerau auf. Seine Mutter ging putzen und sein Vater arbeitete als Fahrer in einer Spedition und kam bei einem Verkehrsunfall ums Leben. Er hatte keine Geschwister und auch sonst keine Verwandten. Seine Mutter starb an einer Lungenentzündung als er fünf Jahre alt war, da waren seine Großeltern auch schon einige Zeit tot, seinen Großvater kannte er, glaube ich, gar nicht, der starb kurz nach der Flucht aus dem Osten und seine Oma zwei Jahre nach seiner Geburt. So wurde er von den Behörden ins Kinderheim nach Trautberg bei Castell überstellt, wo er bis zur Schließung der Einrichtung blieb. Danach fing er eine

Schlosserlehre in Heidingsfeld an! Ich weiß das so genau, weil ich den Assistenten des Heimleiters aus Trautberg gut kannte und der hat es mir erzählt. Irgendwie schaffte er es mit zum Teil auch krimineller Energie sein kleines Imperium aufzubauen. Was er jetzt so treibt weiß ich nicht. Ich hatte keine Berührungen mit ihm, er war und ist ein schlauer Fuchs, den man nur sehr schlecht auf die Schliche kommt."

„Wow, was für ein Monolog. Hast du das auswendig gelernt?"

Hatterer und Stein haben sich noch nie gemocht, wegen ihm ist er auch nicht gekommen. Vielmehr wollte er seine Augen wieder einmal über die Rundungen seiner früheren Kollegin weiden lassen.

Sie hatte das tief dekolletierte dunkelblaue, enganliegendes Chiffonkleid mit tailliertem Schnitt an und beugte sich vor, als Stein sich empfehlen wollte um ihn aufzuhelfen.

Er versank förmlich in ihren Ausschnitt und streichelte ihr beim Verabschieden leicht über ihren rechten Arm.

„Ist ja widerlich, wie der dir in den Ausschnitt glotzte!"

Elsa stellte sich hinter ihn und kraulte ihn durch sein leicht angegrautes Haar.

„Er kann halt meine Möpse nur anschauen, im Gegensatz zu dir. Freue mich schon auf den Feierabend!"

Bereits am Wagen wollte Hatterer anfangen, ihren Hals zu küssen.

Als sie an der Türe lange nach dem Autoschlüssel suchte, nutzte Hatterer die Chance und küsste Elsa.

In Kaltensondheim angekommen, führte Elsa ihn direkt und zielsicher ins Schlafzimmer. Seinem Blick war eine gewisse Gier anzusehen, weshalb sie sich erst einmal ins Bad mit den Worten „Arne, zieh dich ruhig schon einmal aus", verabschiedete.

Nach dem Duschen zog sie das hauchdünne schwarze Negligé mit pinken Bändern an, dazu dunkle Netzstrümpfe. Hatterer hatte sich bis auf den Slip ausgezogen. Er war sichtlich beeindruckt von ihrem Anblick. „Dafür hat sich das Warten gelohnt", sagte er, nachdem seine Augen mehrfach über ihren ganzen Körper gewandert waren, den sie reizvoll drehte.

Sie küsste seinen breiten Oberkörper, ließ ihre Zunge über seine Brustwarzen wandern und bewegte sich langsam über seinen Bauch an ihm hinunter.

Während er die Bewegungen von Elsa aufmerksam verfolgte, ertastete sie langsam den Freudenspender. Wieder fuhr er auf, blieb aber stumm dabei. Sein Mund verzerrte sich indes, und Elsa konnte nicht anders, als ihm einen langen, tiefen Zungenkuss zu geben.

Sie setzte sich auf seinen Schoß, und zeigte ihm was sich unter ihrem Negligé befand. Als Hatterer in sie hineinglitt, richtete er seinen Oberkörper wieder auf, stärker als je zuvor. Es hörte sich so an, als würde das Eisengestell des Bettes abreißen. Elsa blickte ihm starr in die Augen, während ihre Hand nach hinten wanderte und im Takt ihres Ritts seine Hoden zärtlich massierte, bis er sich unter lautem Stöhnen in sie entlud.

Kapitel 12 - Kreisjungtierschau

Nach einem starken handgebrühten Kaffee am nächsten Morgen fuhren sie mit dem Mazda ins Büro.

Eine Frau meldete sich am Telefon, es war die Nachbarin von Frank Becker. Sie würde immer die Briefkästen von ihm leeren, wenn er längere Zeit nicht im Hause ist. Da sie aber für zwei Wochen wegen einer Bandscheibenoperation im Krankenhaus verbringen musste, kam sie erst jetzt wieder dazu.

„Ja, können sie uns denn sagen, wo wir Frank Becker finden können, oder haben sie eine Handynummer von ihm?"

Die Frau verneinte die Frage mit der Handynummer, aber sie wisse, wo er sich im Moment aufhält.

„Er wird in Großmühlingen bei seiner Freundin Jenny Bellhorn sein, er hilft dort auf ihrer Hühnerfarm mit!"

Elsa bedankte sich bei der Nachbarin, die aber schon aufgelegt hatte. „Hatterer, weißt du wo Großmühlingen liegt?"

„Schauen wir halt einmal nach...!" Nach einer Weile Googlen, „In Sachsen-Anhalt!"

„Scheiße das wird eine längere Dienstreise!"

„Heute ist Freitag, willst du uns das Wochenende versauen?"

Elsa ignorierte die Frage von Hatterer und rief bei der Polizeipräsidentin Susanna Porzuck an.

„Und sie wollen wirklich ihr Wochenende für die Befragung opfern? Auslagen und Spesen reichen sie dann bitte mit dem Vermerk ein: Von PP Porzuck ausdrücklich genehmigt!"

„Danke!"

Hatterer schüttelte mit dem Kopf, suchte aber dabei schon die Adresse von Jenny Bellhorn und ihrer Hühnerfarm heraus.

Danach machte er sich einen Elvis, also ein Brot belegt mit Banane, Schinkenspeck und Erdnussbutter.

„Igitt, was ist das denn? Wir fahren heute schon und machen uns in Magdeburg einen schönen Nachmittag, sind ja von dort dann nur noch vierundzwanzig Kilometer nach Großmühlingen. Samstagmorgen machen wir die Vernehmung. Jetzt fahren wir nach Hause packen und fahren los! Ich habe im Tourenplaner gesehen das es nur 360 km über die A71 sind."

Die Türangel quietschte beim Hineingehen: „Könntest du auch wieder einmal ölen!"

Hatterer erzählte Elsa, dass er ein paar Hühner anschaffen will. „Weißt du das im französischen Colmar, die Bevölkerung von der Stadt gratis Hühner bekommen? Sie fressen dann den ganzen Biomüll weg!"

„Genial!"

Mittagspause legten sie in Erfurt ein.

„Hast du auch Hunger?"

Erstaunlich günstig war das Mittagessen in einer Gaststätte in der Nähe der Krämerbrücke. Es war ein uriges Brauhaus in dem deftig gegessen und gut getrunken werden konnte. Hatterer aß einen Feinschmeckersalat mit gerösteter Putenleber und Elsa ließ sich einen Schweinsbraten mit Thüringer Kartoffelkloß und Blumenkohlgemüse schmecken.

In Magdeburg bezogen sie dann ein schönes Zimmer. Danach saugten sie die Kunstschätze der Stadt auf. Dom, Jahrtausendturm, Magdeburger Reiter und die Grüne Zitatelle muss man einfach gesehen haben, wenn man mal in Magdeburg weilt. Für den Zoo hatten sie nicht mehr ausreichend Zeit. Den Abend ließen sie an der Bar des Hotels mit einem schönen Cocktail ausklingen.

Am Frühstücksbuffet war alles Essbare in kleine Portionen verpackt. „Was für ein Verpackungswahnsinn!“, sagte Elsa und bestellte sich lachend eine Latte mit viel Milch.

Die Chickenfarm von Jenny Bellhorn war schnell gefunden. Es öffnete niemand. An der Türe hing ein Schild: Sind bei der Kreisjungtierschau in der Sporthalle.
Elsa und Hatterer trauten ihren Augen nicht, als sie in die Halle kamen.
Über sechzig prachtvolle Hähne standen in Käfigen auf einem Gestell. Vor jedem Käfig saß ein Mensch. Die Käfige waren mit Pappen voneinander abgetrennt. Dann kam auch schon ein Mann auf die beiden Kriminaler zu und erklärte ihnen, dass hier gerade ein spannendes Wettkrähen stattfindet. Elsa flüsterte ihm ins Ohr, dass sie einen Frank Becker oder eine Jenny Bellhorn suchen. „Da in der Mitte sitzen die beiden nebeneinander, ich gehe mal hin und frage, ob Krämer mit ihnen jetzt schon sprechen kann, obwohl es nur noch fünf Minuten wären bis das Wettkrähen beendet ist.“

Hatterer sagte, dass sie warten würden.

Das Gekrähe war für artfremde Kreaturen wie die Beiden fast unerträglich.

Sieger wurde ein Appenzeller Spitzhauben-Hahn, der achtundsiebzigmal in der halben Stunde krähte.

„Die Nachbarn können einem leidtun!"

Dann stand auch schon Frank Becker vor den Beiden.

„Was gibt's, ich habe gehört sie sind von der Polizei?"

„Können wir draußen reden?" flüsterte Elsa.

„Bitte!"

Als sie sich durch die vielen Besucher den Weg nach draußen gebahnt hatten, begannen sie die Befragung:

„Also Herr Krämer, wir suchen sie, weil ihre DNA auf einem Feuerzeug gefunden wurde, das nach einem Brand in der Gegend von Kleinrinderfeld entdeckt wurde. Wie erklären sie sich das? Kennen sie einen Friedrich Laue?"

Krämer verzog keine Miene und sagte nur, dass er das Feuerzeug in Würzburg verloren hätte und einen Friedrich Laue nicht kennen würde.

Hatterer sagte dann ganz ruhig zu ihm, dass sie in einer Mordsache ermitteln und wenn es sich herausstellt, dass er nicht wahrheitsgemäß antwortet, könne er mit einer Anklage zu Beihilfe zum Mord rechnen.

„Kennen sie einen Graf Weichenberg oder einen Ulf Bodenstein. Der Graf ist tot. Bodenstein sitzt im Knast und er wird alles tun, um Hafterleichterung zu bekommen. Wir haben ihn noch nicht danach befragt, ob er sie kennt!"

Krämer überlegte und sagte dann, dass er kurz zu seiner Freundin gehen würde und dann bereit wäre umfänglich auszusagen.

Hatterer begleitete Krämer bis zu seiner Freundin. Er komme in zwei Stunden wieder zurück. Umarmung und Kuß. Jenny schaute sehr traurig und war damit beschäftigt ihren Hahn in einen Transportkäfig zu setzen. Sie hatte einen cranberryfarbenen Pullover an, wahrscheinlich aus Ökowolle gestrickt, einen Leinenrock in der gleichen Farbe und dick gestrickte Strümpfe aus Wolle, etwas heller im Ton.

Elsa drückte auf den Aufnahmeknopf: „Befragung des Zeugen Frank Becker im Fall Leo Meier im Parkhotel Magdeburg: „Herr Krämer, kennen Sie eine der folgenden Personen: Leo Meier, Ulf Bodenstein, Graf Weichenberg, Friedrich Laue?"

Die Antwort erstaunte die beiden Fahnder.

„Ich habe oder kenne alle vier. Ich war so eine Art Leibwächter oder Security für den Grafen. Wegen den vielen Anfeindungen der von ihm betrogenen Anleger. Er war ein Gauner, aber er bezahlte mich für meine Dienste sehr gut. Sie wissen, dass ich mich nicht selbst belasten muss. Ich weiß nur so viel, dass Bodenstein und der Graf den Freddy und seinen achtjährigen Stiefsohn Leander entführt hatten. Es ging um sehr viel Geld. Ich kenne mich da nicht so aus. Ob Meier damit drinhing, kann ich nicht sagen. Mein Feuerzeug hat sich wohl der Graf unter den Nagel gerissen."

Hatterer zog seine Augenbraune nach oben und sagte dann zu Krämer: „Freddy, das ist wohl Friedrich Laue.

Mehr wissen sie also nicht. Oder besser gesagt, mehr wollen sie nicht aussagen!"

„Nennen sie es wie sie wollen. Ich weiß nichts! Bin froh, dass ich mit Jenny die große Liebe gefunden habe. Eins noch: Fragen sie doch den Facility Manager des Innopark Geländes in Kitzingen. Georg Braun heißt er. Der kann ihnen sicherlich mehr erzählen."

„Wie romantisch. Nun gut, das ist ihre Aussage dazu. Wir danken und Oberkommissar Hatterer fährt sie zurück nach Großmühlingen. Sollten sie ihren Wohnsitz ändern, sagen sie uns bitte Bescheid. Danke für den Tipp mit Georg Braun. Auf Wiedersehen Herr Krämer!"

„Ich glaube dem kein Wort. Wenn wir mehr wissen, fährt der ein!", sagte Hatterer ärgerlich als sie im Hotelfahrstuhl hochfuhren.
„Wann müssen wir auschecken?" „Ich glaube um 11.30 Uhr!"

Kapitel 13 - Felicitas

Am nächsten Tag machte Hatterer gerade seinen Morgenspaziergang durch die Klinge, einem Waldstück in der Nähe seines Hauses in Kaltensondheim, als ein riesiger Ast Totholz vor ihm auf den Waldweg stürzte. Erschrocken bleibt er stehen.

„Mich hätte es vorhin beinahe erschlagen vor mir ist ein riesiger Ast Totholz heruntergekommen."

„Was ist heruntergekommen?" fragte Elsa als sie sich gerade den etwas zu engen roten Pulli überstreifte.

„Ein riesiger Ast ist vor mir auf den Waldweg geknallt und hätte mich beinahe erschlagen. Hier an der rechten Hand habe ich einige Schrammen."

Der hautenge Pullover, in den sie sich hineinzwängte, zeichnete die kurvenreichen Konturen Elsas deutlich ab. Hatterer schluckte laut.

„Oh du Armer, lasse mal sehen. Soll ich mal pusten? Komm wir fahren, die Käseköpfe haben Faschingsferien und da ist die A3 bald überlastet und ihre scheiß Wohnmobile und Wohnwägen verstopfen dann wieder die B8."

Es war herrliches Wetter. Ein Polenhoch schob die Wolken Richtung Westen und die Sonne konnte unbeschwert scheinen. Es schien ein herrlicher Tag zu werden.

Hatterer schickte als erstes ihre Spesenanträge für die Großmühlingen Fahrt und die Unterkunft in Magdeburg ab. Elsa unterdessen erkundigte sich bei der Geschäftsführung des Innopark nach Georg Braun. Dabei erfuhr sie, dass er in Rente gegangen ist. Seine Adresse wollten sie ihr telefonisch nicht geben. Da könne ja jeder anrufen, sagte der Geschäftsführer mit einem leichten Unterton.

Der Polizeicomputer zeigte eine Adresse im Amselbühl.

„Hatterer, bist soweit? Wir fahren in den Amselbühl, keine Ahnung wo das ist!"

Navi war eingeschaltet und los gings. Es waren laut GPS nur wenige Kilometer zum Fahren. Über die B8 noch ohne schneesüchtige Holländer ging es in einer Schleife auf eine Zubringerstraße der beiden Kitzinger Außenbrücken im Norden und Süden. Plötzlich blinkt und spricht die Anzeige im Navi „Ziel erreicht".

„Das kann doch nicht sein, nachdem sie unter starken Hupen des Hinterherfahrenden Verkehrs langsam weiterfuhren. Plötzlich erklang die Nachricht der piepsenden Stimme „Bitte Wenden".

Im Autoradio kam die Meldung von einem Einbruch in das Dettelbacher Feuerwehrhaus, das der dortige Akku Spreizer in der Nacht gestohlen wurde.

„Den brauchen die, um Geldtransporter zu knacken!"

„Schau lieber mal zu, wo wir drehen können."

Hatterer bog auf die Panzerstraße ein. In Höhe der unteren Connect Einfahrt, der früheren Harvey Kasernen der Amerikaner, piepste die Stimme wieder: „In hundert Meter rechts abbiegen"

„Echt jetzt? Na gut!"

„Betonweg!" Elsa zuckte mit den Schultern und meinte, dass er weiterfahren sollte.

„Da vorne sind Häuser, ist aber noch ein Stück hin!"

Nach einigem Hin und Her im Etwashäuser Gartenland, hatten sie es dann geschafft „Ziel erreicht"
„Hier muss es sein!"
Sie stellten den Fokus ab und gingen auf das flache Tor zu.
„Vorsicht bissiger Hund" sollte es wohl einmal auf dem vergilbten Schild geheißen haben.
Hatterer machte das Tor auf. Bis zur Eingangstür des großzügigen Anwesens waren es gut hundert Meter. Vorbei an Brennholzstößen, die mit Dachpappe abgedeckt waren auf der einen Seite und einem riesigen Berg Altmetall auf der anderen Seite, in dem von alten Fahrrädern bis zu verschimmelten Kühlschränken alles zu finden war, was in einem Haushalt mit den Jahren so anfällt. Es ging einen trassierten Aufgang hinauf. Rechts hinten sahen sie eine alte Remise, in der ein alter Schlepperstand.
Plötzlich lautes Hundegebell! Ein riesiger Rottweiler kam ihnen zähnefletschend entgegengeprescht. Hatterer zog sofort seine Pistole und legte an.
Dann ging die Türe auf und ein Mann pfiff zwei Takte, der Hund zog ab. Hatterer war beeindruckt.
„Brav Sacher!"
War es eine Feinrippunterhose oder sein Schlafanzug. Jedenfalls mit einigen gut sichtbaren gelblichen Flecken dekoriert, was sie als eine Art Prostatavergrößerung analysierte. Ihr Vater hatte das Nachtröpfeln auch im Alter.
„Grüß Gott Herr Braun, das ist Arne Hatterer und mein Name ist Elsa Menzel. Wir sind von der Kripo und

hätten Ihnen gerne ein paar Fragen gestellt. Es geht nicht um sie persönlich."

„Ja kommen sie doch rein, wenn ich helfen kann!"

„Legen sie doch ab!"

Braun wirkte etwas tatterich, im Nebenzimmer lag auf einem Sofa eine füllige, lebhaft wirkende Frau. Sie lag auf der Seite und Kleid war hochgerutscht sodass ihr großer Hintern die Ermittler anstrahlte. Es war Schorschis Muse Felicitas aus dem spanischen Baskenland. Sie rief: "Schorschilein, zieh dir frische Hose an!"

Schorschilein schaute bestürzt auf seine mit Urinflecken gefärbte, lange Unterhose.

„Entschuldigung, aber vorhin musste es schnell gehen, ihr Kollege hatte ja schon die Knarre gezogen, Setzen sie sich bitte dort in an den Küchentisch, bin gleich wieder da."

„Keine Hektik!"

Braun verschwand in dem Zimmer mit der Molligen auf dem Sofa. Hatterer und Elsa hörten einen lauten Klatsch, beide schauten sich an und Hatterer flüsterte zu Elsa wo sie denn da hingekommen wären.

Da stand auch schon Braun in pinker Jogginghose in der Küche. Es schien als ob sich Schorschi wenig um sein Äußeres kümmern würde.

„Auch ein Bier?"

„Danke, ist noch ein wenig früh, möchtest du? Okay, wir möchten jetzt nichts trinken. Können Sie uns etwas über Friedrich Laue erzählen, auch bekannt unter Freddy?"

„Ja gekannt habe ich den schon, nech, ist ein unangenehmer Typ. Er hat sich einmal wegen meines angeblichen schmuddeligen Aussehens bei der Geschäftsleitung beschwert. Der Arsch. Dabei sollte der erstmal vor der eigenen Türe kehren."

Hatterer fragte dann neugierig; „Haben sie irgendwann in der Zeit in der sie im Innopark gearbeitet haben etwas entdeckt, was uns interessieren könnte?"

„Was interessiert sie denn?"

Elsa dann „Entführung zum Beispiel!"

Braun rülpst und stellt die halbleere Bierflasche auf den Küchentisch, die Mollige kommt zur Tür herein. Sie hatte sich einen schwarz bestickten Morgenmantel übergeworfen.

Sie machte den Eisschrank auf und holte sich ebenfalls ein Bier. „Noch jemand eins?"

Hatterer schluckte im Anbetracht der drallen Alpha Frau mit den lockigen, langen, roten Haaren und presste ein leises „Ja" aus seiner Kehle.

„Hier mein Süßer, lasse es dir schmecken. Schorschilein ich koche uns später was!"

Sie küsste ihren Mann, oder war es ihr Geliebter, auf die Wange und warf Hatterer einen Kussmund zu und war dann auch gleich wieder verschwunden.

„Ja, da war was, ich erinnere mich jetzt. Eines Tages kam Laue, das muss so im November 2016 gewesen sein, in mein Büro und verlangte die Schlüssel für die Alte Bücherei der Amis. Ich kann mich deshalb noch so genau daran erinnern, weil sich Freddy aufregte, weil ich mich bei der Geschäftsführung erst rückversicherte, ob das in Ordnung geht. Er erzählte, dass er dort einen Geschäftsfreund für ein, zwei Tage unterbringen müsste.

81

„Es kam mir schon damals komisch vor, weil seine Wohnung riesig ist, über 200 Quadratmeter. Da hätte sich doch leicht ein Fleckerl finden können, wo der Geschäftsfreund hätte schlaf gekönnt hät. Früher, also 2015 waren da, in der alten Ami Bücherei, ja die vielen Flüchtling untergebracht, als wir mit denen überschwemmt wurden. Am besagten Abend im November sah ich bei einer kleinen Runde durch das Gelände Oleg, Freddy und einen dritten Mann, den ich nicht kannte in die ehemalige und jetzt leerstehende Bücherei gehen."

Elsa und Hatterer, die gespannt zuhörten, schnauften auf. „Für mich jetzt bitte einen Schnaps, wenn sie haben."

„Bitteschön Gnädigste!"

„Aahh, was war das denn!"

Elsa schüttelte sich.

„Dabei sah er so schön grünlich, lieblich aus!"

Schorschilein lachte: „Das war ein Esdobal Absinth Classic mit 70% aus Felcitas baskischer Heimat."

„Rrrr, Hatterer, trink aus wir müssen los. Vielen herzlichen Dank Herr Braun für den hoffentlich wertvollen Hinweis, den Schnaps und das Bier. Eine Frage hätte ich noch. Wissen sie wie Oleg mit Nachnahmen heißt.

„Nein, aber soviel ich weiß, hat er einen Club in Enheim!"

„Sie meinen jetzt das Enheim hinter Marktbreit!"

„Viel Prominenz verkehrt dort, hat er mir mal erzählt, die Bude hat früher einmal Freddy gehört. Oleg ist eigentlich in Ordnung, stammt aus der Ukraine.

Beim Hinausgehen rief Hatterer der feisten Felicitas noch ein herzliches Tschüss ins Zimmer hinein.

„Das musste jetzt noch sein! Wir fahren jetzt gleich mal zu der Bücherei im Innopark"

Diesmal fanden sie den richtigen Weg aus der kleinen Siedlung heraus. Auf der B8 der erwartete Stau in Gegenrichtung mit den ganzen Holländern.

„Schalte doch einmal das Radio ein, ist bestimmt wieder etwas auf der Autobahn passiert!"

Zuerst in den 13 Uhr Nachrichten „Um 19 Uhr heißt es im BR Fernsehen wieder "Fastnacht in Franken". Im Vorfeld ist die Spannung groß: Was werden die Stars auf der Bühne darbieten? Welche Verkleidung haben die Stars im Publikum diesmal gewählt?"

„Ist das so?", fragte Elsa.

„Ich schaus an!"

Dann weiter im Verkehrsfunk: „Zwischen Helmstadt und Biebelried 30 km Stau wegen Brückenabrissarbeiten an der Heidingsfelder Autobahnbrücke!"

„Bingo! Hab ichs nicht gesagt!"

Im Innopark dauerte es einige Zeit, bis sie das richtige Büro und den passenden Schlüssel für das Objekt bekommen konnten.

Der Geschäftsführer mit Hipsterbart, Wikingerzopf und Glasbausteinbrille, zeigte sich genervt wegen der Fragerei und reichte die Beiden an eine Sekretärin weiter.

„Wieso haben Männer keine Geduld?", fragte Elsa „ja mei?"

Die Sekretärin hatte Sorgenfalten aufgelegt: „Also der Schlüssel ist nicht auffindbar. Ich schaue einmal in der

Ausleihe Datei nach, wer ihn das letzte Mal hatte. Ja, hier haben wir es doch schon! Friedrich Laue November 2016. Der wohnt ja gleich da vorne. Ich rufe ihn einmal an!" Sie schaute dabei freundlich über ihre Brille mit der bunten Brillenfassung und stellte den Lautsprecher am Telefon ein.

„Laue, hier was gibt's?"

„Hallo Herr Laue, hier ist die Geschäftsführung des Innoparkes, Lilly Parker mein Name. Bei uns im Office sind zwei Kripobeamte und fragen nach dem Schlüssel für die alte US-Bücherei, die sie nach unseren Unterlagen zuletzt ausgeliehen hatten."

„Habe ich die nicht wieder abgegeben?"

„Nein, bei uns sind sie nicht!"

„Ja dann muss ich sie erst einmal suchen!"

„Danke melden sie sich dann bitte, wenn Sie sie gefunden haben!"

„Mach ich!"

Scheiße dachte Freddy. Zum Kotzen, das sind zwei ganz Hartnäckige.

Elsa zog ihr Smartphone und rief bei einem Schlüsseldienst an. Danach bei der Spurensicherung. Sie verabschiedeten sich freundlich bei der netten Lilly Parker mit der bunten Brille und der weißen Bluse mit den zarten roten Punkten und fuhren mit dem Fokus ein bisschen durch das große Gelände der ehemaligen US-Kaserne. An einer Handwerksbäckerei vorbei, in der einmal die Garnisonsküche der Amis war.

Große Reifenberge einige Meter weiter verrieten, dass hier ein Großhändler sein Lager hat. Gut abgeschirmt und bewacht zwei Häuserblöcke für Asylanten. Auch die kleine Kapelle, die einst die deutsche Wehrmacht bauen ließ, steht noch, ebenso wie die hochmoderne Sporthalle der Amerikaner. Auf einer kleinen Anhöhe angekommen, sagte Elsa: „Das müsste doch die Wohnanlage von Laue sein, halte doch mal an. Hast du dein Tele dabei? Schau mal durch, ob du was siehst."

Hatterer pflanzte seine 600iger Brennweite auf den Cropbody und hatte dadurch eine tatsächliche Focal Length von 960 was ihm Freddy hautnah auf den Spiegel brachte. Während er Freddy fotografierte, erklärte er seiner Partnerin, das dieser telefoniere und aufgeregt hin und her laufe.

Elsas Handy klingelte, es war der Schlüsseldienst.

„Ich bin am Objekt, kommens bitte zügig, ich hab noch mehr zum Tun heute."

„Sind unterwegs!" Elsa legte auf.

„Zeig mal die Bilder.

„Wow… ich sags ja immer wieder, fotografieren kannst du. Die sind ja sowas von scharf. Ja, aufgeregt ist er halt."

Kapitel 14 - Frühere Zupfer Bibliothek

Was die beiden nicht ahnen konnten war, dass Laue bei Oleg anrief und ihn warnte vor ihrem geplanten Besuch bei ihm. Jedenfalls ging Laue davon aus, dass der Besuch stattfindet. „Wenn schon Freddy. Wenn sie mich haben, dann haben sie auch dich. Und wenn wir etwas passieren sollte, dann habe ich was beim Notar hinterlegt. Ich habe viel von dir gelernt."
„Hoffentlich auch, wie man einen Tatort säubert."
„Logo!" Aufgelegt.

Ein Spindeldürrer Mann im flatternden Arbeitsanzug einer angesagten Handwerker Bekleidungsfirma mit einem Strauß als Firmenlogo, stand vor dem Eingang.
„Fang mer an!"
In zwei Minuten war die Türe auf.
„Wer bezahlt hier die Rechnung?"
„Wird überwiesen!"
Der Mann knallte die Türe wieder zu.
„Nur Bares ist Wahres, sonst braucht ihr mich ja auch nicht und als Aushilfsdödel möchte ich mein Geld schon gleich."
„Sorry. Wir beide teilen das nicht ein, wer von den Schlüsseldiensten, wo die Türen öffnet. Was machts denn?" „82,80 Euro".
Er ließ einen Zettel aus einem Quittungsgerät, ähnlich wie es Politessen im Einsatz haben.
„Bitteschön!"

Hatterer legte zähneknirschend das Geld in die schmutzigen Hände des Handwerkers und steckte den Quittungswisch und das Wechselgeld ein.

Die Tür war dann gleich wieder offen und der hagere Mann verabschiedete sich.

Nach einer guten Stunde kamen die beiden Kollegen von der Spurensicherung an. „Scheiß Verkehr wieder heute!" Sie hatten mit den beiden schon einmal bei einem Einsatz in Kitzingen zu tun. Michele Piazolo hatte italienische Wurzeln, Max Steinegger war ein waschechter Unterfranke. „Wenn mer uns beeile, könne mer noch die Fastnacht im Fernsehen gugg."

„Hallo und erstmal danke, dass ihr so schnell hier wart! Habt ihr auch Überzieher und Anzüge für uns dabei?" Nachdem sie die dünnen Ganzkörperanzüge angelegt hatten, gingen sie astronautengleich in die alte Bibliothek.

 Piazolo und Steinegger fangen sofort an nach Spuren zu suchen.

In einigen Minuten werden sie feststellen, dass alles Clean ist.

Elsa bekommt eine Nachricht auf ihrem Handy.

Im Keller schauen sich derweil die beiden Kriminaler um. Auch sie finden nichts Außergewöhnliches - nur verstaubte, spartanisch wenig Einrichtungsgegenstände.

„Hier war lange niemand mehr drinnen und so wie es aussieht, wurde hier auch gründlich gecleant! Lassen wir Piazolo und Steinegger ihre Arbeit machen! Es ist jetzt halb vier, fahren wir doch mal zu dem Oleg nach Enheim."

„Ich möchte vorher nochmal schnell bei Lilly vorbeischauen, sie hat mir geschrieben, dass ich nochmal
kurz vorbeikommen sollte."

Es dauerte einige Zeit, bis sie den Club von Oleg in
Enheim gefunden hatten. Es wunderte sie, dass er mitten in einem kleinen Wohngebiet lag, gut abgeschirmt
mit einer hohen Mauer, die wahrscheinlich nicht billig
war.
Als sie näher heranfuhren, öffnete sich plötzlich das
große Tor und sie konnten auf einen größeren Parkplatz fahren auf dem gut und gerne 30 PKWs Platz fanden. Es waren große, überdachte Plätze, extrabreit und
für SUV geeignet.
Ein Mann kam ihnen aus dem Haus entgegen und über-
gab ihnen, im spärlichen Licht der Anlage, einen Brief
eines Anwaltes mit einer Erklärung des Besitzers des
Clubs Oleg Kaminski, der in seine Räumlichkeiten
keine Polizei wünschte. Als sie wieder hinausfuhren,
kam ihnen ein großer Porsche entgegen. Elsa schaute
ganz entgeistert und sagte dann zu Hatterer, dass da ein
bekannter Nachrichtensprecher im Auto saß. Darauf
Hatterer trocken: „Der will halt auch ein bisschen Spaß
haben. Soll ja so ein SM Club sein. Aber so genau will
ich das gar nicht wissen! Schnell ist er ja. Dass er so
schnell etwas von einem Anwalt bekommen hat. " Darauf Elsa: „Du weißt doch wie das in diesen Kreisen
läuft. Da stehen die gutbezahlten Anwälte immer
Stand- by!"
Später werden Hatterer und Elsa beim Studium des
Briefes feststellen, dass Oleg ein minutiöses Alibi für

die Zeit im November 2016 vorgelegt hat. Freddy muss ihn wohl informiert haben über das, was sie gerade ermittelten. Was sie aber weiter nicht verwunderte. Derweil gab es Neuigkeiten in Langenprozelten.

Kapitel 15 - Pumpspeicherwerk

Zur gleichen Zeit fischten die Mitarbeiter des Pump-speicherkraftwerkes in Langenprozelten im nahegelegenen Unterbecken wieder ein Stück fester Plastikfolie heraus.

„Des kommt von unten rauf, da liegt was aufm Grund! Da muss mal ein Taucher runter. Ich schick den Fetzen jetzt zur Polizei nach Würzburg!" schimpfte der immer korrekte Franz Waldmann. Sein neuer Vorgesetzter Aslan Mubarok sagte in breiten Spessartdeutsch, das er es nicht übertreiben soll und einen Taucher wird er auch nicht anfordern.

„Feierabend Hatterer, wir fahren gleich nach Kaltensondheim, oder musst du nochmal ins Büro? Ich gehe ja heute zum Weiberfasching nach Wiesentheid. Lilly Parker hat mich kurzfristig eingeladen!"

„Passt schon, was Lilly Parker, wer ist das nochmal und wo willst du hin?"

„Sag mal, hörst du mir überhaupt richtig zu? Hallo! Wiesentheid Weiberfasching, Lilly Parker."

Hatterer setzte den Blinker und fuhr über den knirschenden weißen Kies in ihre Einfahrt. Er ließ Elsa aussteigen und fuhr dann aber gleich wieder aus der Einfahrt heraus, um hinter Westheim den Sonnenuntergang zu fotografieren. Nach einer halben Stunde war das Spektakel vorbei und er fuhr gemütlich zurück nach Kaltensondheim.

Vor der Türe stand eine frierende Elsa, die ihn mit bitterbösen Blicken empfing.

„Sag blos nix, sperr nur die Türe auf."

„Hast dei Täschler im Büro vergessen? Wenn du ein bisschen freundlich lachst hole ich es dir!"

„Das würdest du tun?"

„Ja muss aber vorher noch eine paar Beerdigungsanzeigenbilder im Altenheim machen. Du wolltest ja so schnell wie möglich nach Hause! Lass dir ein Bad ein und mach dich dann hübsch, wenn die Lilly dich abholt. Ich habe übrigens alles gehört, was du vorhin erzählt hast."

Hatterer holte sich beim Asia Imbiss eine Portion Bratnudeln mit Ei und ging ins nahegelegene Büro. Er setzte sich auf seinen Bürosessel und legte die Beine auf den Tisch. Genüsslich verspeiste er die Nudeln und spülte dann mit einer Dose Chang einem leckeren ThaiBier die letzten Reste der Nudeln hinunter.

Er liest dabei den Brief von Oleg Kaminski und ihm fällt auf, dass sie so mit ihrer Blümchenermittlung keinen Schritt weiterkommen werden.

Er suchte Elsas Handtasche, machte das Licht aus und ging zu seinem Fokus im Innenhof der Wache. Durch das beleuchtete Fenster konnte er noch Franz Heil beim Beginn seines Nachtdienstes sehen.

Dann fuhr er ins Altenheim und fragte nach dem Mann, der die schönen Portraits von sich machen lassen wollte.

„Meinen sie Herrn Zimmermann. Der ist gestern Nacht gestorben!" bekam er zur Antwort von einer Nachtschwester.

„Scheiße!" dachte Hatterer und fuhr zurück nach Kaltensondheim.

Elsa hat sich inzwischen in eine sexy Kriegerin verwandelt.

„In dem Outfit werden dir Legionen von Männern zu Füßen liegen!" scherzte Hatterer beim Anblick seiner Geliebten.

Das Lederkostüm bestand aus einem Minikleid mit Bügelcups, die bei Elsa viel zu halten hatten. Eine Stickerei ziert das Bustier und eine filigrane Goldborte den weißen Unterrock. Der abnehmbare rote Umhang und die geschnürten ledernen Armschienen machen das Amazonen-Kostüm fast perfekt. An Gürtel, Rock und Trägern blitzen zahlreiche Metallnieten und Ösen. Elsa sah darin aus wie eine Walküre aus einer Wagneroper die auf ihren römischen Streitwagen wartete.

„Hier deine Tasche!"

„Was sagst?"

„Zu einer gemischten Veranstaltung hätte ich dich so nicht gehen lassen!"

„Spießer, du gehst ja nicht zum Fasching!"

„Rote Perücke wäre nicht schlecht, wenn du noch so was hast."

„Mal schauen, ich glaube eine blaue habe ich noch irgendwo rumliegen!"

Als Elsa zurück kam hatte sie die Perücke gefunden und noch eine Netzstrumpfhose angezogen. „Perfekt", sagte Hatterer und wollte ihr einen Kuss geben, doch Elsa wehrte ab und im selben Moment klingelte es auch schon und Lilly Parker, als Brave Red Maiden verkleidet, stand vor der Türe.

„Wow du siehst sowas von heiß aus!", schwärmte sie förmlich. Elsa schnappte sich ihren Mantel und verschwand durch die Tür nach draußen und Lilly Parker trottete zurückwinkend hinten nach.

„Viel Spaß, Handy hast du und wenn was ist ruf einfach an. Tschüss!" Hatterer ging mit an die Türe und winkte kurz. Elsa hörte das gar nicht mehr.

Das Motto der Weiberparty hatte Elsa nicht ganz mitbekommen „Gnadenloser Chic" sonst hätte sie sich anderes kostümiert. Zuerst fiel sie deswegen ziemlich auf in ihrem freizügigen, sexy Outfit. Nach der dritten Runde Alkohol, nach Männerballett und Männerstrip nicht mehr. Im Gegenteil, sie wurde beneidet, weil die meisten Mädels in ihren Pseudo Biedermeier Gewändern das Tropfen anfingen. Sie knutschte und tanzte mit Lilly und den anderen beiden Begleiterinnen herum, die sie noch nicht einmal richtig mit dem Namen kannte. Die eine war eine Erzieherin und hieß Annemarie, die andere war Zahnärztin und alle sagten Doro zu ihr. Elsa merkte zu spät, dass alle drei nur Frauen liebten und auf den Weg zu Lillys Wohnung rückten die Beiden ihr auf der hinteren Sitzbank des SUVs schon ziemlich auf die Pelle.

Elsa war neugierig und spielte erst einmal mit. Die große Wohnung in einem Apartmentneubau am Main war im vierten Stock gelegen mit tollem Ausblick auf die aufgehende Sonne, die später in einem beeindruckenden Schauspiel aufgehen sollte.

Mit drastischer Ehrlichkeit und trockenem Humor schraubten die Mädels erst ein bisschen herum.

Dann wurde mit Eierlikör, später mit Dubliner Whisky Likör angestoßen.

Alle drei wollten gleichzeitig Elsa an die Wäsche. Viel an Bekleidung trug sie nicht mehr am Leibe. Lilly küsste ihre Brüste, knetete sie und konnte nicht mehr von ihr ablassen.

Die Zahnärztin bohrte dort, wo sonst ein Medicus einer anderen Sparte seinen Job verrichtet und die Kindergärtnerin küsste Elsa mit großer Leidenschaft.

Elsa stöhnte unter der Behandlung der drei Ladys, die sich gegenseitig auch noch beglückten. Ein ziemliches Durcheinander aus Lippen, Popos, Titten und Muschis. Nach zwei Stunden Liebesspiel hatte Elsa genug. Sie sammelte unter Protest der anderen Drei ihre Sachen zusammen und zog sich wieder an, so gut es eben ging. Zum Glück hatte sie den langen Wintermantel mitgenommen.

„Hat jemand eine Zigarette, ich möchte den Sonnenaufgang draußen anschauen!"

Nach und nach kamen sie dann nochmal auf dem großzügigen Balkon zusammen, tranken einen Espresso gemeinsam, rauchten ein paar Zigaretten und fanden, schon ziemlich ausgenüchtert, dass es sehr schön gewesen war.

„Ruf mir ein Taxi! Tschüss ihr drei. Schön wars."

„Tschüss Elsa" erklang es im dreistimmigen Chor.

Der Taxifahrer nahm kein Geld, er sagte nur das Lilly eine Monatsrechnung hat, wo er den Betrag dieser Fahrt auf Anordnung von Fräulein Parker draufsetzen solle.

Hatterer war bei seinem Morgenspaziergang am Anglersee und sah erst um halb 10 Uhr als er zurück war,

dass Elsa wieder zu Hause war. Sie war fest eingeschlafen. Er deckte sie zu und hob ihren auf den Boden
liegenden Mantel auf und hängte ihn in die Garderobe.
Seine Fotos, die er am Main und am See gemacht hatte,
waren okay. Die Canadian Goose hatte er ein paarmal
gut erwischt und auch die Stille des Sees konnte er be-
eindruckend darstellen, wie er fand. Er war zufrieden.
Zum Sonnenuntergang, der ja jetzt im Winter bereits
kurz nach 17.00 Uhr seine ganze Pracht entfaltet, zog
er nochmal los.
Er fuhr Richtung Kitzingen, bog in die Jahnstraße ein,
an der Florian-Geyer-Halle vorbei, wo am Rosenmontag der Bayerische Vizepräsident Hubert Aiwanger
den Schlappmaulorden von der Kitzinger Karnevals-
gesellschaft überreicht bekommt.

Elsa stand um Mitternacht auf, um ein Glas Milch zu
trinken. Mein Gott was war das gewesen? Egal dachte
sie, nur keine Gewissensbisse, es war Fasching.
Sie wollte sich wieder hinlegen, sah aber, dass bei Hat-
terer noch Licht im Zimmer brannte.
„Na, ausgeschlafen?", fragte er sie als sie bei ihm im
Office stand.
„Geht so, ich lege mich wieder hin! Hast du schöne
Fotos gemacht?"
„Interessiert dich doch eh nicht! Schlaf gut, bis mor-
gen!"

Franz Waldmann, vom Pumpspeicherkraftwerk bei
Langenprozelten, fuhr in aller Frühe am Rosenmontag
nach Gemünden zu seinem alten Skatkumpel Rolf

Stommel, Wassermeister beim Gemündener Klärwerk. Unterwegs schmiss er einen großen Brief mit den Resten der Plastikfolie, die er aus dem Unterbecken herausgefischt hatte, in einen Briefkasten in Gemünden, ein. Adressiert an die Kriminalpolizei Würzburg Frankfurter Straße.
Eine ausführliche Beschreibung hatte er beigelegt. Bei Rolf Stommel holte er sich den großen Teleskopstab, mit dem dieser immer die Feuchttücher aus den Klärbecken fischen musste. Es war ein Dilemma mit diesen Tüchern, sie lösten sich einfach nicht auf. Mit dem Hacken, den er auf sechs Meter ausfahren konnte, wollte er endlich herausfinden was sich in seinem Unterbecken abspielte.

Hatterer und Elsa tranken Kaffee in einer Bäckerei in einem Kitzinger Einkaufsmarkt und fuhren danach wortlos auf die Dienststelle. Im Auto schaute sie Hatterer von der Seite an und musste an einen Satz denken, den sie kürzlich im Netz gelesen hatte. „Eigentlich hoffen wir doch alle auf den einen Menschen, der unser Navi ausstellt und sagt – Du hast dein Ziel erreicht. Ob Hatterer ihr Mensch ist, weiß sie noch nicht. Aber mögen tut sie ihn schon.

Im Büro dann die Message, dass am Mittwoch bei YX ihr Anliegen im Fernsehen ausgestrahlt wird.

Freddy machte seit neuestem jeden Tag seinen Morgenrun durch die Klinge. Den Stock hatte er beiseitegestellt. Er brauchte ihn nicht mehr. Das harte, zähe

Training hat sich gelohnt. Mit Ulf Regensberger hatte er aber auch einen der besten Physios der Gegend in seinem „Trainerstab".

Nächste Woche wollte er nach Marokko fliegen und seine beiden Kinder Margoo und Leander besuchen. Leander ist zwar nicht sein leiblicher Sohn, aber er hatte mit ihm eine sehr freundschaftliche Beziehung aufgebaut und bei seiner Entführung damals hatte er viel riskiert. Beinahe hätte er sein ganzes Vermögen verloren. Von seiner Ex Gabriele wollte er nichts mehr wissen, sie hatte ihn richtig enttäuscht.

Kapitel 16 - Jetzt kommt der Metzger ins Spiel

Elsa und Hatterer hatten im Moment keinen Ansatz wie sie weiter vorgehen sollten. Wollten auf Erkenntnisse der Fernsehsendung im Fall Meier warten und wandten sich deshalb dem zweiten Fall einer vermissten Person in Kitzingen zu.

Es handelte sich um die Ehefrau von Werner Großmeier, einem ehemaligen Abteilungsleiter im Rathaus, der vor einem Jahr angeblich aus Gram über den Verlust seiner Ehefrau Selbstmord verübt hatte. So jedenfalls die offizielle Version.

Die gemeinsame Tochter der beiden, eine bildhübsche junge Frau, macht zurzeit als Influencer große Karriere im Netz. Sie tanzt, singt und performt. In der Mainpostille erschien eine große Story über sie. Ihr scheint der Verlust ihrer Eltern überhaupt nichts auszumachen.

„Was haben wir, besser gesagt ist es dir überhaupt recht, dass wir mit dem zweiten Fall schon anfangen?"

„Die Frage ist, was haben nicht!! Kein Problem Hatterer, irgendwie müssen wir ja vorankommen."

„Du bist heute irgendwie komisch, war was bei deiner Faschings Party?"

„Das willst du gar nicht wissen!"

„Na gut, dann eben nicht!"

Zur gleichen Zeit hatte Franz Waldmann in Langenprozelten irgendwas am Haken. Er rief seinen Chef an ohne die Stange, mit der er etwas festhielt, loszulassen.

„Was hast du?" fragte sein Vorgesetzter Aslan Mubarok, „Ich habe was am Haken! Ich habs gewusst, im

Unterbecken liegt was großes, da hat jemand was entsorgt, aber alleine bekomme ich es nicht raus."

„Halte durch Franz, ich komme!"

„Ja aber nicht allein! Ruf bei der Feuerwehr in Ruppertshütten an."

Mittlerweile hatte Waldmann den Haken der Stange abgerissen.

„Na Bravo, wie sollen wir jetzt was rausziehen!"

„Arslan, wir warten auf Feuerwehr!"

Waldmann sprach mit seinem Chef oft, vor allem in Stresssituationen, in dem Kinderdeutsch für Ausländer. Obwohl Arslan hier im Spessart geboren wurde und zur Schule ging. Aslan störte das schon lange nicht mehr, war er doch froh, dass er mit Waldmann einen zwar etwas Einfältigen, aber auch ungemein pflichtbewussten Mitarbeiter in seiner Truppe hatte. Manchmal kam es ihn so vor, als ob Waldmann noch in der Pubertät steckt.

Die kleine Dorf-Feuerwehr konnte nichts ausrichten, sie hatten nicht das nötige Equipment dafür und rückten nach einer halben Stunde wieder ab.

„Also doch Taucher!"

„Ich werde gleich mal beim Wasserwirtschaftsamt anrufen!"

Sie hatten Glück, in Kitzingen war zurzeit ein Taucher des Kampfmittelräumdienstes dabei den Flussboden des Maines nach alten Fliegerbomben aus dem zweiten Weltkrieg abzusuchen. Die denkmalgeschützten Brückenpfeiler der alten Mainbrücke sollen mit Rammschutzsäulen vor Schiffskollisionen geschützt werden.

„Am Mittwoch nach der Mittagspause könnten sie hier sein."
„Gut gemacht Chef, dann wir sehen was da los ist!"
Aslan lachte.
„Ja, wir dann sehen Waldmann, du jetzt fahren kaputte Stange wieder nach Gemünden."

Elsa Menzel dachte daran bei Hatterer wieder auszuziehen und bei Lilly einzuziehen. Irgendwie ging es ihr aber zu schnell.
Sie wollte in ihrer Mittagspause bei Lilly vorbeischauen, um die Lage mal zu peilen. Fußläufig lag die Wohnung von ihrem gemeinsamen Büro nur etwa 250 m entfernt.
Als sie gerade klingeln wollte, sah sie durch die großen Außenfenster des großzügigen Treppenhauses, wie Lilly Arm in Arm mit Friedrich Laue die Treppe herunterkam. Die beiden lachten und schäkerten.
Ihr würden die Ohren glühen, wenn sie hören könnte, was die Beiden so lustig fanden.
Elsa versteckte sich hinter parkenden Limosinen und dachte nach.
„Scheiße. Ich muss bei Hatterer die Hosen runterlassen und ihm erzählen was geschehen war!"
An Einziehen bei Lilly verschwendete sie jetzt keine Gedanken mehr. „Scheiß Idee."
Ein pickliger Halbstarker stieg in sein Auto ein und fragte Elsa ob sie was sucht. „Was verloren, hübsche Frau!"
Elsa fauchte zurück das ihm das nix anginge.
„Ich wollte nur freundlich sein!" „Schon gut, sorry!"

Sie ging zu ihren Kollegen und Geliebten der in einer Pizzeria in der Nähe dinierte. Bei einem bunten Tortellinisalat mit Prosciutto und schwarzen Oliven, ließ er es sich gut gehen.

„Na, schmeckts Arne?"

Arne, das war für Hatterer schon immer verdächtig gewesen, wenn Elsa ihn so beim Vornamen nannte.

„Setz dich!"

„Danke!"

Arne stand auf und half ihr aus dem Mantel.

„Ich war doch mit den drei Tussen beim Weiberfasching und danach sind wir schon ziemlich angetrunken zu Lilly auf die Bude. Dort kam es dann zum ausführlichen Lesbensex zu viert…" Elsa schluckte.

„Ja, und was ist da jetzt so tragisch dran? An Fasching ist doch beischlafmäßig in der heutigen Zeit vieles möglich. Du bist halt auch ein lecker Mädchen."

Elsa lachte ihn an und bestellte sich einen Kaffee Latte.

„Der Hammer kommt noch. Vorhin beim Spazierengehen, sah ich wie diese Lilly Arm in Arm mit unseren Hauptverdächtigen zu seinem i8 Roadster liefen und dabei lachten und schäkerten."

„Scheiße."

„Habe ich auch gedacht!"

„Meinst du, dass die eure Orgie oder was ihr da so getrieben habt, gefilmt haben?"

„Ich habe keine Kamera gesehen!" Arne lachte, und sagte das man versteckte Kameras meistens nicht sieht. Drum heißen sie ja versteckte Kameras.

Im Büro versuchen sie die wenigen Akten, die sie zur Verfügung hatten, zu sortieren.

Um 16 Uhr Feierabend und Abflug nach Kaltensondheim.

Auf einem etwas entfernten Acker vor ihrer Tür fand gerade eine Drückerjagd auf Wildschweine statt. Riesen Geballer, ein Keiler verirrte sich im Garten von Hattereres Häuschen, Nachbar Schleret kommt mit seinem Schießprügel angerannt und ballert herum. Seine Frau Renate schreit. Der Keiler entkommt.

Mittwoch stellte Elsa fest: „Irgendwie kommen wir nicht weiter!"

Im Gegenteil zu den beiden Ermittlern konnte Franz Waldmann mit einem Taucher und der Ruppertshüttener Feuerwehr eine Wasserleiche aus dem Speichersee bergen.

Gut verkettet und beschwert, wäre sie wahrscheinlich nie entdeckt worden.

Aslan verständigte keine Presse, nur die Spurensicherung kam aus Würzburg angefahren. Micele Piazolo und Max Steinegger von der SpuSi machten nicht lange herum und luden die Leiche samt aller Ketten und Folien in ihren Bus und fuhren zu Herbert Kiesgruber in die Kriminaltechnik nach Würzburg in die Frankfurter Straße.

Kiesgruber hüstelte in seine Faust. „Könnt ihr bitte hierbleiben und mir ein bisschen zur Hand gehen? Studenten sind heute keine gekommen. Weiß auch nicht warum. Mir sagt ja keiner was." jammerte er bedrückt dreinschauend. „Wenns sein muss!" stöhnte es aus Piazols Mund.

„Ja wäre super! Wir packen die Leiche erst einmal aus der Folie aus. Die große Kette weglegen. Bitte nachmessen und fotografieren."

Es klopfte an der Glastüre und die Assistentin trat ein. Sie hätte zwar ihren freien Tag gehabt, aber Prof. Kiesgruber bestellte sie, auch zwecks Studien zur ersten Sichtung ein. Während sie hastig ihren weißen Kittel anzog, himmelte sie Kiesgruber an.

„Liebes Fräulein Knollmeier, ich habe heute erst einen Brief erhalten, in dem mir der Schleusenwärter Reste einer Folie geschickt hatte, die wahrscheinlich mit dieser identisch ist."

„Schleusenwärter?"

„Ich meine natürlich den Pumpspeicherwärter!"

„So Leute jetzt kommt es wirklich darauf an, wenn wir die Folien entfernen. Wer fotografiert, ich würde sagen Frau Knollmeier. Holen sie mal die EOS von da drüben her und machen sie einen Probeschuss."

Er deutete aufgeregt in das Regal auf der linken Seite neben zwei Kältefächern.

„Wo wurde die Wasserleiche jetzt genau gefunden?"

„In einem sieben Meter tiefen Vorspeicherbecken im Spessart," erklärte Piazolo.

Der Professor nahm seinen Kaugummi heraus und sagte dann, dass sie in so tiefen kalten Wässern bestimmt noch gut erhalten sein wird.

„Sind wir so weit. Probeschuss gemacht. Also dann weg mit der Folie!"

Beim Wegziehen fiel ein metallischer Gegenstand auf die Fliesen der Kriminaltechnik, Steinegger wollte das Teil gleich auffangen, rutschte dabei aber auf den glatten Boden aus und fiel auf den Stuhl auf dem Fräulein Knollmeier mit der Kamera stand. Der Stuhl kippte von der Wucht des Aufpralls um und Julia Knollmeier klatschte laut aufschreiend auf die kalten Fliesen. Der Fotoapparat fiel in einige Teile auseinander.

„Scheiße! Hat jemand ein Handy, wir brauchen jetzt gleich ein Foto von der Leiche."

Piazolo drückte mit seinem privaten Handy ab.

Die Beteiligten konnten förmlich zusehen, wie die Fäulnis, nachdem die Wasserleiche Sauerstoff bekommen hatte, den nassen Körper ziemlich flott bis zur Unkenntlichkeit veränderte.

Ein Sanitäter-Team mit Notarzt kam herein.

Der Professor drehte jetzt endgültig durch.

Fräulein Knollmeier wurde mit der fahrbaren Liege herausgefahren.

Steinegger stand langsam auf und schaute langsam in seine rechte Hand, wo die Causa des ganzen Durcheinanders lag.

Es war ein Schlüssel mit einem Anhänger aus Aluminium. Eingraviert war darauf: „Innopark Kitzingen – Bibliothek!"

Die Leiche war in einem schlechten Zustand, nicht nur wegen der raschen Verwesung. Man hatte der Person, die angeblich Meier sein sollte, die Fingerspitzen abgeschnitten. Es konnten keinerlei Fingerabdrücke genommen werden.

Bis heute ist es nicht eindeutig geklärt, ob die Wasserleiche wirklich Leo Meier war.

„Dreh rum Hatterer, wir fahren zur Kriminaltechnik nach Würzburg. Im Spessart wurde eine Leiche aus einem Speichersee geborgen. Aus der „Verpackung" fiel ein Schlüssel mit der Gravur vom Innopark Bibliothek. Was bedeutet, dass Freddy möglicherweise den Mann dort versenkt hat. Er war der letzte der den Schlüssel hatte. Wir holen jetzt den Schlüssel und nehmen dann mit Verstärkung Herrn Laue fest."

Aslan und Franz wollen heute zusammen zum SchniPo Essen gehen. Aslan hattte ihn eingeladen.

„Was issn Schnipo für neumodisches Zeug?", fragte Franz und Aslan sagte zu ihm, dass er sich überraschen lassen soll. Es würde sehr lecker schmecken.

„Aber ned so fremdländisches Gelump gell, überhaupt wenn es so scharf ist und Fisch mag ich auch nicht!"

Aslan lachte und freute sich auf Schnitzel Pommes.

Das SEK war bereits vor Ort. Durch Zufall konnte Lilly die drei großen schwarzen Vans sehen. Sie rief sofort bei Freddy an, um ihn zu warnen. Wobei sie auch wusste, dass er aus dieser Nummer wohl nicht mehr herauskam.

Elsa probierte den Schlüssel am Schloss der Bibliothektüre.

„Passt!"

Auf geht's! „Zugriff bitte!"

Mit großem Geschrei wie „Polizei" „Sicher" und „Sauber" durchsuchten die vermummten Beamten des Einsatzkommandos die zweistöckige Wohnung.

Freddys Smartphone lag auf dem Tisch und vibrierte. Hatterer nahm das Gespräch an.

Es war Lilly, sie schrie hinein, dass er verschwinden solle.

Aber er konnte sie nicht mehr hören.

Hatterer rief Polizeihauptwachtmeister Franz Heil an, der vor dem Eingang der Anlage des Gewerbeparks stand. Er solle Lilly festnehmen. Aber wo steckte Freddy?

War es ihm wirklich gelungen zu fliehen? Elsa kam von der Bibliothek zurück: "Habt ihr ihn?"

Freddy hatte von allem keine Ahnung. Er wollte unbedingt im Herbst des nächsten Jahres beim New York Marathon an den Start gehen. Die Startzusage hatte er schon seit geraumer Zeit auf seinem Schreibtisch liegen. Dafür trainierte er jeden Tag zwischen 7 bis 10 km. Die Schusswunde in seinem Bein war erstaunlich gut verheilt.

Ihm gefiel das Wetter heute nicht wirklich. Um 12 Uhr herum kam starker Wind auf, die Kiefern schwankten hin und her kleinere Ästchen wirbelten durch die Luft. Die Blätter des letzten Herbstes wirbelten umher und tanzten auf dem Waldweg.

Plötzlich ein lauter Krach! Ein dicker Totholzast einer alten Eiche löste sich und fiel aus sechs Metern Höhe auf Freddy herunter. Er war sofort tot, der schwere Ast hatte ihn durch Zufall genau am Kopf getroffen und ihn augenblicklich erschlagen.

Hatterer und Elsa waren ziemlich geschockt, als ihnen am darauffolgenden Tag mitgeteilt wurde, dass Freddy auf so tragische Weise umgekommen war. Der Revierförster hatte ihn gefunden.

Ihr Fall war geklärt. Eine Belobigung blieb aus, dass hatten sie auch gar nicht erwartet.

Freddy sorgte jetzt bei anderen Dezernaten und Kommissariaten für viel Arbeit.

Kapitel 17 - Pauline

Elsas Smartphone summte. In einer Nachricht von Franz Heil stand: „Happy Hour in einer halben Stunde."

„Ihr macht ja jetzt erst einmal Urlaub. Zusammen? Wo geht's hin?"

Elsa spielte mit dem Eis in ihrem leergetrunkenen Drink und sagte dann, dass sie an die Nordsee fährt. Heil schaute Hatterer fragend an. Meine Reise geht zum Tuniberg. „Wo ist der?" fragte Heil.

Elsa freute sich auf die Nordsee, auf Ostfriesentee mit Sahne, Sand zwischen den Zehen, Wind im Haar, Sonne und lange Spaziergänge. Sie wollte jetzt erst mal weg, Urlaub mit frischer Luft.

Doch Norderney war auch ziemlich voll zu der Zeit nach Fasching. Viele Menschen hatten wohl denselben Gedanken wie sie und so richtig gefiel das Elsa nun auch wieder nicht.

Hatterer fuhr in die komplett andere Richtung. Er wollte in Südbaden zwischen Kaiserstuhl und Tuniberg regenerieren. Am Morgen rief er in Oberrimsingen an, wie das Wetter dort denn sei. Bekanntlich ist es in der Oberrheinregion ja immer ein Stück wärmer. Die Frau des Gasthofes sprach dann von 15° und wünschte eine gute Anreise.

Hatterer schaffte die Strecke ins gelobte Land, zwischen Vogesen und Schwarzwald in der Rheinebene gelegen, in gut zwei Stunden.

Bei Lahr war schon alles für die Spargelernte gerichtet. Je früher geerntet werden konnte, desto mehr warf das Edelgemüse für den jeweiligen Erzeuger ab. Dafür sorgten neuartige Plastikzelte.

Ein Franzose mit einem Citroen SUV nervte ihn mit dessen hin- und her Gekurve auf der Überholspur.

Auf den Schwarzwaldgipfeln lag noch Schnee.

Über Tiengen und Munzigen kam er zum Gasthof in Oberrimsingen.

Zum Abendessen ließ er sich schmackhafte Käsespätzli servieren. Einfach lecker, auch der trockene Gutedel dazu.

Nach dem Abendessen machte er einen längeren Spaziergang und erfreute sich an einem farbenfrohen Sonnenuntergang über den ebenfalls noch schneebedeckten Vogesengipfeln, er freute sich über die tollen Bilder, die er machen konnte.

Er schlief gut bei offenem Fenster.

Das Frühstück wurde in der urigen Wirtsstube gereicht. Brötchen standen auf dem Tisch, der mit einer schweren roten Damast Tischdecke überzogen war. In der Ecke hing das Geweih eines Zwölfenders. Es sah so aus als würde er über den gesamten Gastraum wachen.

Besonders lecker die selbstgekochten Marmeladen, die nach Auskunft der Wirtin aus selbstangebauten Früchten stammten.

Sie war eine Südbadenerin wie sie im Buche steht, gab ihm eine Gästekarte, die ihn zur kostenlosen Benutzung der Öffentlichen Verkehrsmittel im Raum

Freiburg, Tuniberg, Kaiserstuhl und Markgräfler Land ermöglichte.

„Wenn noch was anderes gebraucht wird, ich bin stets für alle Schandtaten bereit, mein Lebensgefährte ist die ganze Woche beim Schnapsbrennen!" Dabei rückte sie ihr freizügiges Dekolleté zurecht.

„Ja, warum nicht!"

Hatterer konnte nicht glauben was er da gerade gesagt hatte, aber er war so perplex gewesen, dass ihm nichts Besseres einfiel.

Er ging auf sein Zimmer. Die Kirchturmglocke gegenüber läutete den Vormittag ein. Es war neun Uhr und es regnete. Er wollte mit dem Bus nach Freiburg fahren. Nebenbei lief der Fernseher, wie immer bei ihm.

Ein Reporter berichtete aus Barcelona und der dort stattfindenden GSMA Mobile World Congress. Die Gigabit Gesellschaft ist wohl nicht mehr aufzuhalten. Alles dreht sich um fünf G.

Es klopfte.

Hatterer machte auf und vor ihm stand die Gasthof Wirtin nackt, wie Gott sie schuf.

„Sag Pauline zu mir. Komm, machen wir uns einen schönen Vormittag! Ich zeig dir auch meinen Spezialgriff!"

Das ausgehungerte Luder verlangte Hatterer alles ab.

„Dafür koche ich dir was Schönes, du bist unser einziger Gast und das war jetzt wirklich schön mit dir. Ich habe es so gebraucht! Ruhe dich noch ein bisschen aus. In einer halben Stunde steht das Essen auf dem Tisch."

Hatterer schaute auf die Uhr. „Wow … schon kurz nach zwölf Uhr. Das war ein hart verdientes Mittagessen!" Es gab Rindersteaks mit Pilzen und einen schmackigen Salat dazu.

Pauline flüsterte ihm ins Ohr: „Das gibt Tinte auf dem Füller!"

Hatterer hatte es dann doch noch nach Freiburg geschafft. In einem Laden in der Innenstadt kaufte er eine schöne, recycelte Tasche für Elsa. Sie war aus LKW-Planen und mit Sicherheitsgurten aus Autos genäht. Sie stand auf solche Sachen und er konnte sein Gewissen wegen Pauline beruhigen. Am Abend kam dann auch Paulines Lebensgefährte Waldemar vom Schnapsbrennen zurück.

Es war eine stürmische Nacht und die Guggemusik des Ortes hatte wohl einen Übungsabend. Jedenfalls marschierten sie laut musizierend durch den Ort.

Zum Frühstück gab es zwei Eier.

„Damit du bei Kräften bleibscht. Bio Eier aus Frankreich!"

Dabei legte sie ihre rechte Hand auf seinen linken Oberschenkel.

Waldemar kam zur Türe rein. Es sah so aus als ob seine längeren grauen Haare jeden Gehorsam verweigerten. Irgendwie sah er aus wie Albert Einstein.

„Jetzt lasse doch unseren Gast in Ruhe frühstücken!"

Sie kamen ins Gespräch. Waldemar war ein halber Franzose und erzählte besorgt, dass es mit dem Schnapsbrennen immer schwieriger wird. Das neue Alkoholsteuergesetz das ab dem 1.1.2018 in einer Neufassung in Kraft getreten ist, mache es nicht einfacher, gerade was die Kosten anginge. „Scheiß EU", schimpfte Waldemar. Jetzt wird das Kontingent im Kalenderjahr abgerechnet. Das Abfindungsbrennen ist jetzt untersagt. Der Zoll würde nun die Zuteilung vornehmen. Waldemar stöhnte erneut: „Ich weiß nicht ob sich das für mich jetzt noch lohnt mit dem Brennen. Jetzt wäre die Zeit dazu, das dümmste ist halt die wesentliche Änderung für uns Kleinbrenner mit dem Wegfall der Ablieferung. Bisher abgelieferte Brände wie Kernobst, Weinhefe, Weintrester oder Getreide müssen wir jetzt versteuern und selbst vermarkten oder an den Handel verkaufen. Das Letztere ist dann sehr kompliziert, weil der Handel dazu bisher keinen Plan hat! Ich muss los. Nützt ja alles nix!"

„Holst du auch noch Wein in Heitersheim. Nächste Woche wollen wir ja wieder die Gaststätte eröffnen!" rief ihm Pauline nach.

Sie lachte Hatterer an.

„Jetzt haben wir wieder ein bisschen Zeit für uns!"

Sie setzte sich auf den Frühstückstisch, schob das Geschirr, Brötchenkorb und die Marmeladengläschen zur Seite.

Hatterer sah, dass sie kein Höschen anhatte. Dann beugte sie sich nach vorne und öffnete seinen Hosenladen und holte das raus, auf was sie gerade so scharf war. Dabei drückte sie ihre großen Brüste Hatterer ins Gesicht.

Nachdem sich Pauline vom Tisch herunterrollte und wieder in ihren Rock schlüpfte, sagte sie zu Hatterer:

„Wie gefällt dir der echte Landfrauen-Sex? Wo machst du heute hin?"

Hatterer schnaufte durch und zählte dann auf, was er machen wollte. Tanken in Frankreich, Einkaufen im Marche International, er sucht einen guten Perail de l'Aveyron und ein paar Macarons wolle er kaufen.

Pauline knöpfte sich die Karobluse zu, ging an ihm vorbei und wünschte ihm viel Spaß.

Nach Colmar waren es nur 20 Kilometer, dort parkte er direkt auf dem Markplatz. Payant stand in der Parkbucht. Es dauerte einige Zeit, bis er beim Parkscheinautomat durchblickte.

Am schönem Le Petite Venise vorbei ging er in die mittelalterliche Stadt. An einer Ecke reichte ihm eine Frau ein frischgebackenes Kokosplätzchen entgegen.

„Lecker", er kaufte eine Tüte.

Dann zog er seine EOS heraus und machte Bilder vom Treiben und den Bauwerken der Stadt.

Plötzlich Klammergriff. Vier schwerbewaffnete Polizisten, oder waren es Soldaten, packten ihn und schleppten ihn über das vom Regen glänzende Pflaster in ein Haus unweit des pittoresken Pfisterbalkons.

Hatterer wusste nicht wie ihm geschah, nur mit großer Mühe gelang es ihm den französischen Kollegen seinen Polizeiausweis zu zeigen. Offensichtlich sah Hatterer aus wie ein gesuchter Terrorist der sich in Colmar versteckt haben soll. Francis Crick, der Chef der Spezialeinheit entschuldigte sich bei Hatterer und schenkte ihm ein Divisións Barett und eine Flasche Edelzwicker.

Auf der Rückfahrt nach Oberrimsingen kam er bei Neuf-Brisach an einer Palettenburg der französischen Gelbwesten vorbei.

Hatterer stieg aus seinen Wagen und rief zu den erstaunten Leuten „Solidarität!"

Sie erwiderten und winkten. Hatterer drückte ab und schoss ein beeindruckendes Foto.

Am nächsten Morgen schlich er sich aus dem Haus um nicht wieder Pauline in die Hände zu fallen. Er fuhr hinauf ins Schauinsland zum Skifahren auf den letzten Schnee in schattigen Nordhängen.

Danach schaute er sich noch die Wasserfälle von Todtnau an. Um 16 Uhr ging er bei einem Italiener in Kirchzarten zum Essen. Er nahm das Tagesgericht, Reisfleisch und einen fruchtigen Grauburgunder.

Das Wetter war so schön, dass er in Freiburg im Garten einer Eisdiele ein Spagettieis verdrückte. Er liebte es, Gelati zu essen.

Am Abend setzte er sich zu Waldemar an den Tisch und sie kamen ins Gespräch.

Verbraucherverhalten und Subventionsbetrug waren die Themen.

Der Name Walther Ziemann fiel und Hatterer wurde hellhörig.

„Kennst du Ziemann?"

„Ja klar, er war einige Zeit am Blankenhornsberg. Jetzt ist er, glaube ich, bei euch oben irgendein Obmann für die Landwirte. Bei uns hat er einen guten Job gemacht und hat ziemlich viele Subventionen für uns herausgeholt. Er legte imaginär Rebfleckli zusammen, also kleine Weinberge. Wir bekamen Geld und konnten trotzdem weiterhin unsere Reben abernten. Er hat dabei auch ganz gut verdient. Als es dann rauskam, wurde er versetzt. War ein ziemliches Hallo damals. Presse und Fernsehen berichteten ausführlich darüber. Kannst du dir ja vorstellen."

„Ich muss morgen zurückfahren, kannst du Pauline Bescheid geben?"

Im Zimmer rief er dann gleich Elsa an, um ihr die Neuigkeiten mitzuteilen.

Pauline kam ins Zimmer.

„Du willst abreisen hat, Waldemar gesagt. Aber vorher will ich dich noch einmal spüren!"

Pauline stöhnte laut und Hatterer war am Ende seiner Kräfte.

Am nächsten Morgen servierte sie den Kaffee mit Sonnenbrille.

Sie hatte ein blaues Auge, Waldemar muss wohl gelauscht haben.

„Also Pauline, mach es gut." Hatterer übereichte ihr noch den Strauß mit den Rösschen, den er in Colmar für sie gekauft hatte. „Danke. Geb mir 220 Euro für die drei Übernachtungen, du bist schon ein geiler Typ. Schade, dass du so weit weg wohnst! Waldemar schneidet heute die Frostruten. Da hätten wir Zeit."

Hatterer war es fast ein wenig peinlich. Er stieg in den Fokus, ein kurzes Winken und weg war er.

Es lief gut, bereits nach einer Stunde konnte er auf die Autobahn Richtung Heilbronn hinter Karlsruhe einbiegen. Doch dann traf es ihn hart. Drei LKWs in einer Baustelle. Einer davon verlor brennbare Flüssigkeit. Er musste 90 Minuten warten, bis er weiterfahren konnte.

Kapitel 18 - Der zweite Fall

Die Beerdigung von Freddy rückte näher. Der Leichnam war freigegeben worden und in der Woche vor Ostern war es geplant, ihn nun unter die Erde zu bringen. Lilly erwartet eine Anklage wegen Beihilfe zu einer Straftat. Wenn ihr Richter keine Bedenken hat ohne Hauptverhandlung zu entscheiden, dann macht er von der Möglichkeit gemäß § 408 Abs. 3 S. 2 StPO Gebrauch. Im Juristendeutsch heißt das: „Der Richter beraumt dann keine Hauptverhandlung an." Lilly hatte Glück und sie muss nur eine höhere Geldstrafe befürchten.

Zur Beerdigung hatte sie sich ein kurzes schwarzes Kleidchen mit viel Spitze gekauft. Dazu Fascinator mit transparentem Schleier. Chic sah sie aus, wenngleich sie im Gesicht ziemlich verheult aussah.

Oleg hatte sie abgeholt. Als sie zusammen am Grab eintrafen, stand dort bereits Markus Wolf mit Mama Anissimow, die Oleg zusammen mit deren Enkeltochter Raschenka vor knapp zwei Jahren aus Weißrussland nach Kassel geschleust hatte. Aber das ist wieder eine andere Geschichte.

Auf dem Weg zum Friedhof erhielten die beiden Ermittler eine Nachricht der Redaktion YX dass es eine Zeugin gäbe, die in einer Nacht im November 2016 beobachtet haben wollte, wie ein frierender, nackter Mann in der Nähe der Bibliothek von zwei anderen Männern gejagt wurde. Sie war in der Abenddämmerung auf dem Heimweg vom Eicheln sammeln. Sie hatte die ganze Zeit gedacht, dass die drei irgendwelche Sexspiele gemacht hätten. Sie sei deshalb aus der katholischen Kirche ausgetreten, weil man da auch immer so komische Sex-Geschichten hörte.

Nachdem der alte Preissler gekommen war, begann die kleine Trauerzeremonie. Vier ganz in schwarz gekleidete Helfer des Bestatters ließen den Sarg ins Grab. Von einem Handy und zwei Lautsprechern wurde Frank Sinatras „My Way" gespielt.

Jeder, der etwas in das Grab von Freddy warf, sagte ein paar persönliche Worte. Kein Pfarrer, keine Reden.

„Machs gut Freddy, wir sehen uns oben!" sagte Oleg. Der Mann, der bei Ihrem ersten Besuch an Ihnen vorbei zu Freddy ging, legte einen Kranz nieder.

Hatterer und Elsa beobachteten die Beisetzung aus diskreter Entfernung. „Ziemann heißt doch der Typ!"

Markus Wolf, eigentlich Gottfried Meister, lud zum Leichenschmaus in sein Haus in Sulzfeld, in dem seine Stieftochter Raschenka und seine Ex-Frau Karinna wohnten.

Er freute sich auf ein Wiedersehen mit Ihnen.

Oleg freute sich ebenfalls, die beiden wieder einmal sehen zu können.

Preissler und sein Adlatus Manne Stöhr und ihre ehemalige Mitarbeiterin Ilena Ajutor, und da wurde es für Hatterer und Elsa plötzlich interessant, waren auch anwesend.

„Frau Kommissarin, wollen sie ein paar Worte verlieren?" sagte Markus Wolf gut gelaunt.

Wenn er gewusst hätte, dass seine Asche in nicht einmal einem Jahr in einer Urne in einem Friedwald im

Spessart in die Erde gelassen wird, wäre seine gute Laune wohl dahin gewesen.

Lilly und die anderen Teilnehmer der skurilen Feier schauten gespannt auf Elsa. Da ergriff Hatterer das Wort.

„Von unserer Seite gibt es zu Freddy nicht viel zu sagen. Natürlich ist so ein Tod immer sehr tragisch und traurig. Wir fühlen mit allen Trauernden mit. Das ist ernst gemeint!"

Plötzlich knallte es, alle erschraken. Einge suchten hinter Sesseln und Sofa Deckung. Oleg hatte eine Pulle Schampus aufkrachen lassen.

„Kommt, macht nicht so ein Gesicht, Freddy hätte das nicht gewollt!"

Es klingelte, ein Partyservice brachte Häppchen und kleine Berliner mit Eierlikör-Füllung, die Freddy immer so gemocht hatte.

In der Zwischenzeit, die Trauerparty war voll im Gange, suchten Hatterer und seine Kollegin Ilena Ajutor - sie hatte etwas um ihren Hals hängen, das ihr Interesse erweckte.

Es war ein kostbarer Ring der bei näheren hinsehen so aussah, als stamme er aus dem Besitz der Vermissten Ines Großmeier. Jedenfalls war so ein Ring auf der Liste der vermissten Gegenstände von Ines Großmeier aufgeführt und auch abgebildet.

„Hallo Frau, wie war nochmal ihr Name?"

„Ajutor, Ilena was wollen sie von mir? Ich weiß nicht, ob ich etwas mit der Polizei zu tun haben möchte!" Sie hatte einen harten Siebenbürger Akzent und schaute grimmig.

„Aber wir wissen, dass wir etwas mit Ihnen zu tun haben möchten. Woher haben sie diesen prächtigen Ring, den sie an der Halskette tragen?"

„Das geht sie überhaupt nichts an!"

Elsa reichte es jetzt. „Zeigen sie mir bitte einmal ihren Pass oder Ausweis!"

Unruhe verbreitete sich im Raum.

Der Mann der Preissler hieß, kam und mischte sich ein.

„Was wollen sie von der Frau!"

Ilena kramte ihren Dienst-Ausweis aus der Tasche.

„Bitteschön!"

Elsa musterte das Dokument kritisch und schaute ernst auf.

„Der Ausweis ist schon seit drei Jahren abgelaufen. Haben sie noch einen Pass? Wenn nein, müssen wir sie mit aufs Revier nehmen!"

Hatterer und Elsa hörten Ausdrücke wie Scheißbullen, Beamtenwillkür, „Ilena ich schicke Anwalt", Dreckspolizei.

„Leute, wir machen hier nur unsere Arbeit, wenn sie uns jetzt durchlassen würden. Danke!"

Sie stolperten die sonnendurchflutete Holztreppe hinunter und stiegen in Hatterers alten Fokus.

„Sie tragen da ein ca. 35000.- Euro teures handgefertigtes Schmuckstück aus dem Hause Duccelleti um den Hals. Der Ring hatte einer Frau gehört, die seit knapp zwei Jahren vermisst wird. Da haben wir selbstverständlich ein paar Fragen dazu." Der Ring bestand aus 18-karätigem Gelb- und Weißgold mit kunstvoller Filigranarbeit mit einem auffälligen Spinell von 3,02

Karat, der mittig in einer wunderschönen gravierten Fassung döst, umrahmt von Smaragden im Brillantschliff von 2,29 Karat, sowie funkelnde Diamanten von 1,57 Karat.

„Ich bin rechtmäßige Besitzerin des Ringes, ich hatte ihn beim Fundamt abgegeben. Er wurde nicht abgeholt und bei der Versteigerung der Fundsachen ein Jahr später, habe ich ihn für 38.- Euro ersteigert, alle dachten es sei Modeschmuck aus Plastik!"

„Mag sein, dass dies so ist. Es ist auch nicht der Grund der Befragung. Wichtig wäre für uns, wenn sie uns wahrheitsgemäß sagen, wo sie den Ring gefunden haben."

„Den Ring habe ich bei der Zucchiniernte auf einen Gurkenflieger liegend bei Mainsondheim, gleich rechts hinter der Autobahnbrücke gefunden."

Das er an einer abgehackten Frauenhand hing, das verschwieg Ilena natürlich. Damals arbeitete sie noch als Erntehelferin bei einem der größten Gartenbaubetriebe der Umgebung.

Sie war froh, dass sie jetzt einen Job beim Start-up „East meets West" von Zsanett Kovacs und Karinna Wolf erhalten hatte, erzählte sie und nicht mehr den Knochenjob auf dem Feld machen müsse.

Hatterer kam mit einer Karte und ließ sich darauf von Ilena genau zeigen, wo genau sie den Ring gefunden hatte.

„Das war es schon Frau Ajutor. Lassen sie sich bitte ihren Ausweis verlängern. Auf Wiedersehen!"

„Ähm, was machen sie eigentlich beruflich bei „East meets West?"

„Ich übersetze Deutsch - Rumänisch, Englisch - Rumänisch, Rumänisch – Italienisch. Bulgarisch - Deutsch. Bisschen Russisch und Georgisch. Läuft gut der Laden."

Die erste Spur war vielversprechend. Sie fuhren nach Albertshofen, um sich am angeblichen Fundort des Ringes ein wenig näher umzusehen. Im Radio kam die Meldung, dass ein großer Einkaufsmarkt die Plastiktüten komplett aus seinem Verpackungsmaterial verbannte.
„Endlich werden sie gscheit!", raunzte Elsa.
„Hier können sie nicht parken!"
Ein Männchen in einem erdigen Arbeitsblaumann, einer trendigen Arbeitsbekleidungsfirma mit einem Tiger als Logo, gepackt, schaute missmutig auf die beiden Beamten als sie aus dem Fokus stiegen. Ein paar Haarsträhnen hatte er über seine Glatze drapiert. Es war derselbe Mann, den sie bei Freddy und dann auch bei dessen Beerdigung gesehen hatten.
„Wir können!"
Elsa zeigte Ihren Ausweis.
„Entschuldigen sie bitte, aber könnten sie nicht doch dort drüben ihren Wagen abstellen? Gleich kommt unser neuer mit Satellitennavigation gesteuerter Schlepper zum Probefahren auf das Feld hier. "Hightech auf dem Acker!", lachte Hatterer.

„Ja, was früher übliche harte körperliche Arbeit war, wird jetzt und verstärkt auch in Zukunft, durch Hightech ersetzt werden! Es vollzieht sich gerade ein Paradigmenwechsel, auch in Ermangelung an brauchbaren Arbeitskräften!"

Der kleine Mann mit dem zu großen Blaumann, war der Vorsitzende des Maschinenrings der Gärtner und Landwirte der Umgebung und wusste von was er sprach.

Damit hätten die Beiden nicht gerechnet.

„Eine Frage und dann sind wir hier auch schon weg. Fällt Ihnen irgendetwas auf an diesem Acker oder weshalb haben sie gerade diesen Acker für ihr Experiment ausgewählt?"

„Keine Zeit, das ist auch kein Experiment. Dort kommt der selbstfahrende Schlepper, bitte fahren sie jetzt auf Seite."

Hatterer und Elsa sahen zu wie der GPS gesteuerte Riesentraktor auf den Acker einbog. Der Traktor holpert über das Feld. Er fährt immer weiter geradeaus, wie von einem unsichtbaren Seil gezogen. Ein Landwirt und ein Techniker der Firma, die diese Traktoren für horrende Summen verkauft, lümmeln ganz entspannt auf den Sitzen, und haben ihre Hände auf den Oberschenkeln liegen. Das Lenken übernimmt ein kleiner Elektromotor im Lenkgetriebe, der über das GPS-Signal gesteuert wird.

„Einfach faszinierend!"

Der braune Blaumannzwerg gab den beiden seine Karte und meinte, dass sie ihn eine schriftliche Einladung schicken sollten. Irgendwas stimmte nicht mit dem Acker, da hatten die Kriminalbeamten schon recht. Und er wusste auch was.

Als Hatterer im Auto auf die Visitenkarte starrte, liest er den Namen Walther Ziemann - von diesem Mann hatte er schon einiges in Südbaden bei seinem Kurzurlaub gehört.

Sie wollten gerade losfahren als sie ein älteres Paar sahen das sich am gegenüberliegenden Grundstück in ein aufgelassenes altes Steinhaus schlichen. Hatterer schaute durch sein Tele und sagte dann zu Elsa das die Beiden irgendetwas in der windschiefen Hütte suchten. Es dauerte einige Minuten bis an dem halb eingefallenen Haus standen. Sie sahen ein Schild mit der Aufschrift *Betreten verboten. Der Eigentümer*.

„Was machen sie hier?" fragte Hatterer energisch. „Das geht dich einen Scheißdrecke an!" antwortete der ältere Mann. „Ich denke doch. Kriminalpolizei!" Der Mann und die Frau schauten sich an. Dann sagte die Frau „Komm sags ihm schon!" „Was soll er uns sagen?" Der Mann grinste. „Also das ist ziemlich banal. Vor 60 Jahren haben wir beide hier das erste Mal gemaust und den Pariser haben wir in das Metallschächtelchen zurückgelegt und in einer Mauerritze versteckt. Heute wollten wir nachschauen, weil das Haus soll ja abgerissen werden, ob das Kästchen noch da ist." „Und haben sie es gefunden!" Die Frau lachte „hier ist es!" „Na dann viel Spaß damit!" Hatterer sagte beim Weggehen das es schon lustige Menschen gäbe.

Kapitel 19 - Ein paar Wochen vorher

Sie beugte sich über den Tisch, wo Werner Großmann immer das geschlachtete Fleisch ausbeinte. Ihr Amulett, das sie um den Hals trug, rutsche immer wieder von neuem zwischen ihre Brüste. Sie zog es dann wieder heraus und spielte damit, bevor es wieder zwischen ihren Busen rutschte. „Was willst du?", fragte er mit gierigem Blick auf ihre „Big Boobs", die in einem viel zu knapp geschnittenen Dirndl steckten. „Du weißt genau, was ich will!" Wieder zog sie das Amulett zwischen ihren Brüsten heraus. „Der Preis hat sich aber jetzt verdoppelt, nachdem du mich in der letzten Zeit so schlecht behandelt hast!"

Er drehte sich herum nahm vom Hackstock, auf dem er immer die Koteletts zerteilte, den großen Holzhammer mit der geriffelten, mit Metall beschichteten Unterseite, die er zum Vorklopfen der Schnitzel benötigte. Ohne viel nachzudenken, schlug er ihr damit nach einer blitzschnellen Drehung, auf dem Kopf. Benommen fiel sie zu Boden. Er hängte sie mit dem Kopf nach unten an zwei Fleischhaken auf. Er stach ihr mit einer 30cm langen Specknadel mitten ins Herz. Seinen ganzen Hass auf sie legte er dann in einen Schweinespalter mit einer 35cm langen Klinge mit dem er ihr den Kopf abhakte. Fünf Stunden ließ er sie dann ausbluten.

Die Eltern von Werner Großmann hatten in Oberpleichfeld, eine Gemeinde die früher zum Erzkatholischen Hochstift Würzburg gehörte, eine Metzgerei mit

Laden und Lohnschlachtung. Sein Vater hatte sie von seinem Vater geerbt und weiter ausgebaut. Besonders das Lohnschlachten brachte gutes Geld für die Familie. Die abgezweigten Würste vom Lohnschlachten verkaufte sein Vater, nach dem Krieg an die Amis. Seine Fleischwurst war legendär. Aufgewachsen zwischen Blau- und Weißkrautfeldern, in nicht gerade idyllischer Umgebung, musste der kleine Werner frühzeitig mitanfassen. Rinder, Schweine, Schafe und Wild, sein Vater schlachtete alles, was unters Messer kam. Meistens war er dabei, machte die Wurstküche wieder sauber, spülte die Messer und spritzte das Blut von den Fliesen ab. Er half beim Herstellen der Koch-, Brüh- und Rohwürsten. Er drehte Hackepeter und Hackfleisch durch. Die Metzgerei lebte von der Mund-Propaganda. Selbst als er schon täglich mit dem Bus ins Gymnasium nach Schweinfurt fuhr, half er an den Schlachttagen am Nachmittag mit.

Höhepunkt des Jahres war immer das traditionelle Schlachtfest Ende Februar. Meistens wurde nur eine Sau gestochen, es kam aber auch vor, dass es zwei waren. Das tote Schwein wurde in einem großen Zuber, der mit sehr heißem Wasser gefüllt war, gebrüht und von den Borsten gesäubert. Dann wurde es an einem dafür vorgesehenen Andreaskreuz aufgehängt und es begann die eigentliche Schlachtung und das Wurschteln. Die zerteilte Sau und die Würste wurden dann noch einmal in frischem Wasser gekocht. Die Innereien wurden roh verkauft. So entstand die bei vielen Menschen geschätzte Gretelbrüh, die dann oft in Kannen mitgenommen oder extra abholt wurde. Mit

Mehlklößen gegessen eine Delikatesse für den, der es mag. Auf den Tischen standen das herzhafte Bauernbrot, Salz und Pfeffer bereit. Die Leute brachten entweder eigenes Geschirr mit oder es wurde direkt von der Tischplatte gegessen. Ähnlich wie bei der Original Schweinfurter Schlachtschüssel. Dann nahte der Höhepunkt des Schlachtfestes. Das Fleisch wurde portioniert und die Würste aus der Brühe gezogen. Jeder konnte nach Herzenslust essen, was und wieviel er wollte: Mageres, Durchwachsenes, Fettes, Bries, Nierli, Rüssel, Öhrli, Blutwurst, Leberwurst usw. Auf den Tischen standen Bier und Schnaps und jeder der dabei war, zahlte damals fünf Mark. Kaffee und frisch gebackener Streuselkuchen danach ging extra.

Als er 23 Jahre alt war verstarb sein Vater und mit dem Erbe baute er sich im Kitzinger Stadtteil Repperndorf ein Häuschen. Natürlich durfte im Keller eine kleine Metzgerei nicht fehlen. Das Anwesen in Oberpleichfeld hatte er gut an den Nachbarn, einen großen Krautbaron, verkaufen können.

Wurschteln und Fleisch zerlegen wollte er auch weiterhin machen.

Mit 21 Jahren hatte er schon die Lehre zum Bürokaufmann mit Bravour beendet und lernte seine Frau Ines kennen.

Im Kitzinger Rathaus machte er schnell Karriere und stieg mit 32 Jahren zum Abteilungsleiter auf.

Er liebte seine Frau und auch im Bett klappte es bestens bei den Beiden. Im Urlaub fuhren sie meistens nach Südtirol, nach Kärnten oder in die Steiermark.

Am liebsten mochten sie aber in die Gegend um Lana bei Meran, zum Wandern, Essen und Trinken. Auch die naturverbundene Lebensweise der Südtiroler gefiel ihnen. Hier gab es auf den Bauernmärkten so viel zu entdecken. Dazu der gute Wein und der Badespaß im Kalterer See.

Im Winter richteten sie es so ein, dass sie Anfang März nochmal zwei Wochen nach Wolkenstein zum Wintersport fahren konnten. Die Pisten waren nicht mehr so voll und die Nachsaisonpreise machten es günstiger für die Haushaltskasse.

Großmann war im Schützenverein aktiv und organisierte den jährlichen Vereinsausflug.

Er half als Ehrenamtlicher beim Bauernverband mit und organisierte dort mit anderen Landwirten und Funktionären seit einigen Jahren zweimal im Jahr eine Sammlung von Agrarfolien und Pflanzenschutzverpackungen aus Kunststoff.

Beim Kitzinger Campingplatz und dem dortigen Sportbootclub hatte er für ein Motorboot einen Liegeplatz und zum Essen ging er am liebsten in ein griechisches Restaurant in die Rosenstraße.

Sein Leben war getaktet. Einmal im Monat Kino. Theaterabonnement und Konzertbesuche rundeten das Wohlfühlklima von ihm und seiner Frau ab. Dazu Speisen und Getränke auf höchstem Niveau. Möglich machte das auch seine Metzgerskunst, die er jeden Samstag von 8 – 12 Uhr in seinem kleinen Hofladen aufblitzen ließ.

Bestes Fleisch auf Vorbestellung, feine Wurst und leckerer Schinken und ein Fleischsalat „zum Reinlegen", wie es einmal eine Kundin sagte. Im Verkauf half ihm eine Bulgarin, die in Deutschland aufgewachsen war. So konnten sie sich vieles leisten.

Es war die Zeit im Frühjahr, wo man die wärmende Sonne sehr genießt, aber noch keine Polster auf den Gartenmöbeln liegen hat. Die Blaumeisen und die Amseln fliegen herum und es ist meistens Fastnacht zu der Zeit. Es riecht nach Frühling und wenn man Pech hat, erkältet man sich noch einmal so richtig.

Ines Großmeier kam auf die Terrasse und langte ihren Mann von hinten auf die Schulter, er drehte den Kopf nach hinten und schaute sie verträumt an.

Sie schaute ihn ebenfalls mit gläsernen Augen an.

Nach einer Weile schrie Werner Großmeier laut auf: „Nein, sag es, du bist schwanger!"

Sie wackelte hin und her legte ihre rechte Hand an die rechte Wange.

„Jaaaaaaa!"

Kapitel 20 - Tiara

Lange hatten sie drauf warten müssen und schlussendlich hat es mit einer künstlichen Befruchtung jetzt geklappt.

Sie tanzten ausgelassen zu „Praise You" von Fatboy Slim und Ricky Martins – „La Copa de la Vida". Sie waren einfach glücklich. Es war die Zeit in der Bill Clinton amerikanischer Präsident war und die Bundesregierung von Bonn nach Berlin zog.

In den folgenden Wochen und Monaten strichen und richteten sie das Kinderzimmer in hellblauen Farben für einen Knaben liebevoll ein.
„Schade, dass es unsere Eltern nicht mehr erleben können."
Werners Eltern waren bereits tot, ebenso der Vater von Ines. Ihre Mutter vegetierte in der Psychiatrie vor sich hin.

Die Schwangerschaft verlief aber für Ines von Anfang an nicht so toll. Ihr Hausarzt stellte den Verdacht auf eine Eileiterschwangerschaft fest. Sie hatte sehr stark mit den üblichen Beschwerden wie Übelkeit und Appetitlosigkeit zu kämpfen. Werner machte sich große Sorgen.

Ihr wurde ab der 13.Woche ständig schlecht und sie musste sich immer öfters übergeben. Bis in die 25. Schwangerschaftswoche bekam sie Medikamente

129

verordnet. Ihr Blutdruck stieg und sie hatte Eiweiß im Urin. Dann ein erneuter Schock, das Kind war zu groß und der Frauenarzt empfahl eine Einleitung, die allerdings fehlschlug. Ines und ihr Mann entschieden sich dann für einen Kaiserschnitt, was zu der damaligen Zeit immer noch ein Wagnis darstellte, sowohl gesundheitlich als gesellschaftlich.

Sie lag nach der Operation im Aufwachraum, als Werner mit der kleinen Tiara auf dem Arm zu ihr kam.

„Es ist ein Mädchen, wir müssen das Kinderzimmer umstreichen!" waren ihre ersten Worte.

Mit den Nachwirkungen des Kaiserschnitts hatte sie stark zu kämpfen.

Schon beim Stillen wurde Ihnen klar, dass die Kleine nicht wie alle anderen Babys war. Sie ließ sich nur sehr schwer anlegen, brüllte dabei lautstark und wenn es dann klappte, zog sie sehr hastig an der Brust von Ines. Tiara war meistens sehr hektisch und schrie sich in Rage, wenn es nicht schnell genug mit dem Futtern ging. Dann wollte sie die Brust nicht annehmen. Sie weinte und schrie bitterlich. Ines und Werner waren verwirrt. Das häufige laute Schreien kam Ihnen nicht normal vor.

Der Kinderarzt sagte zu ihnen, dass sie ein Schreikind hätten und das Beste daraus machen müssten.

So richtig bewusst wurde es ihnen dann in der dritten bzw. vierten Lebenswoche. Bekannte sprachen sie darauf an. Nachbarn sagten, dass sie das nicht kennen würden, dass ein Kind so lange und so stark schreit.

„Ist alles okay bei euch? Die Kleine schreit ja den ganzen Tag." Waren so die harmlosesten Worte der Bekannten, Freunde und Nachbarn.

Ines bestellte sich ein Buch über Schreikinder in der Liebauschen Buchhandlung in der Herrnstraße.

„Schreikinder, also Babys mit Regulationsstörungen, neigen dazu, innerhalb einer Woche an drei Tagen mehr als drei Stunden am Tag zu schreien." Und das tat Tiara. Manchmal sogar mehr als drei Stunden und das auch in der Nacht.

Werner musste wegen der Euroeinführung und der Jahrtausendwende zu einer Schulung und war über eine Woche von zu Hause weg.

Ines hatte Angst, dass er fremd geht.

Es war für Ines nervenaufreibend und schmerzhaft. Sie begann ihr Kind manchmal zu hassen.

„Man hat sein kleines, ein paar Wochen altes Schreikind vor sich, läuft mit ihm herum, legt es vor sich, gibt ihm Hilfe, weil es an starken Blähungen leidet und nichts davon hilft gegen das Schreien." Sagte sie zu einer Nachbarin.

Selbst wenn sie die Kleine im Kinderwagen bei schönsten Frühjahrswetter durch die Stadt schob, schrie die Kleine die Menschen zusammen.

Alle starrten auf Ines und ihren kleinen Schreihals.

Tiara veränderte vieles, eigentlich alles. Es war ein außergewöhnliches Kind, ausgestattet mit einem kräftigen Organ.

Ines und Werner waren verzweifelt.

Ein einfacher LiveHack einer Bekannten aus den USA half dann den Beiden und ihrer kleinen Tiara.

Ein warmes Bad, danach eine sanfte Massage mit Kamillenöl, wirkten dann auf Tiara sehr beruhigend.

Viel und regelmäßig schlummern, kein Krach im abgedunkelten Haus. Das alles trug dann auch dazu bei, dass sich die Kleine immer mehr beruhigte.

Roman Herzog ist Bundespräsident als die Bundesrepublik Deutschland ihren 50. Geburtstag feiert. Der Kosovo Krieg zeigt seine hässliche Fratze.

In elf europäischen Ländern wird der Euro als Zahlungsmittel eingeführt. Fluch oder Segen nicht alle waren dafür. Die Welt ist im Umbruch.

Jeder fünfte Deutsche surft bereits im Netz und die Nutzer werden World Webber genannt. Am 11. August 1999 findet eine totale Sonnenfinsternis über Mitteleuropa statt. Ines und Werner nehmen es als schlechtes Omen für ihre kleine Tiara.

Anders Lothar Matthäus mit dem Gewinn der Deutschen Meisterschaft mit den Bayern und 143 Länderspielen auf dem Buckel, zieht er mit seiner neuen Freundin nach New York, um bei den New Jersey Metro Stars in der nordamerikanischen Profiliga zu kicken.

Toyota Yaris wurde das Auto des Jahres 2000, Michael Schuhmacher wurde Weltmeister mit einem Ferrari-Boliden, die Spendenaffäre ließ Helmut Kohl nicht mehr los. „Big Brother" wurde das erste Mal im deutschen Fernsehen ausgestrahlt und ganz Deutschland schaute zu. Frankreich wurde Fußball-Europameister. Die kleine Tiara hat mit dem Schreien aufgehört und die Großmanns schauten sich nach einem Kindergartenplatz um.

Werner Großmeier wurschtelte weiter in seiner kleinen Metzgerei im Keller seines Hausens und das Leben der Beiden schien wieder in seine normalen Bahnen zu verlaufen.

Renate, die samstags immer im Verkauf in der Metzgerei mithalf, wurde als Kindermädchen fest angestellt. Sie war drei Jahre jünger als seine Frau und noch ziemlich schüchtern, jedenfalls am Beginn ihrer Zeit bei den Großmeiers. Zwischendrin hatte sie ein Techtelmechtel mit ihrem „Chef", ihm gefiel ihre zupackende Mentalität, auch weil sie ihm beim Schlachten und Verkaufen half. An ihren freien Tag trafen sie sich heimlich und hatten Sex miteinander.

Nine Eleven war wohl der Tag, der die Welt komplett veränderte. Viele Menschen sahen den zweiten Einschlag des Fluges UA 175 in Südturm Live im Fernsehen. So auch Ines und Werner, der zur Mittagspause zu Hause war. Beide waren fassungslos, bei Ines flossen die Tränen.

Dennis Tito ließ sich 2001 eine Raumfahrt 44 Millionen US-Dollar kosten, der Multimillionär war der erste Raumfahrt Tourist, der zur ISS flog.

Bayern München gewinnt die Champions League.

Ines verwöhnte ihre Tochter so gut es geht. Wenn sie den Spinat propellermäßig im Esszimmer verteilte, lachte sie und Renate hielt die Bude sauber, wusch die Wäsche, half Werner im Schlachthaus und brachte den Garten zum Blühen.

Schlafen tat die Kleine nur im Ehebett.

Werner war genervt, er wollte auch wieder was von seiner Frau haben.

An Sex war nicht zu denken, jedenfalls nicht mit seiner Frau, dafür hatte er jetzt Renate, die für Sex mit ihm sehr empfänglich war.

Für seine Frau dagegen zählte nur Tiara, sie war ihr Ein und Alles.

Über dem Bodensee werden zwei Flugzeuge zusammenstoßen, Bush fängt den Irak Krieg an.

Die Jahrhundertflut im Sommer an Elbe, Mulde, Havel und Donau wird 20 Todesopfer fordern, Zehntausende obdachlos machen und Schröder die Kanzlerschaft bringen.

Sven Hannawald gewinnt die Vier-Schanzen-Tournee und ist dabei der erste Sportler, der alle vier Springen gewinnt.

Werner möchte seine kleine Tochter zu einer Tagesmutter geben, er hatte sich schon bei einer Frau vorgestellt die ausgezeichneten Referenzen vorweisen konnte.

Seine Frau hätte dann auch wieder was für die gemeinsame Haushaltskasse machen können. Aber sie wollte nicht.

2003 wird Tiara vier Jahre alt, Arnold Schwarzenegger Gouvernator von Kalifornien und im Irak ist nach dem Krieg das Chaos ausgebrochen. Saddam Hussein wird Ende Dezember festgenommen und später auch hingerichtet.

Der Film "Good Bye Lenin" begeistert die Kritiker im In- und Ausland.

Werner schafft es mit dem Rauchen aufzuhören.

Tiara kommt in den Kindergarten. Die Erzieherinnen und Erzieher sind von ihrer frechen Art nicht gerade begeistert.

Die Großmeiers kaufen sich Ende 2004 einen Toyota Lexus 430 bei einem Autohändler in der Nürnberger Straße in Würzburg. Ihren 15 Jahre alten Nissan 300 ZX konnten sie dabei noch einigermaßen gut in Zahlung geben.

„Endlich ein Auto, in dem wir genug Platz haben!"

Die Amis ziehen aus Kitzingen ab. Viele Taxifahrer und Barbesitzer geben ihre Lizenzen zurück. Aus der Buchhandlung Meyering in der Falterstraße wurde ein Videoshop und nach längerem Leerstand eröffnete dort, nach kurzer Umbauzeit, ein türkischer Dönerladen bei dem, mit der Zeit, Werner Stammkunde wurde.

Tiara war jetzt sechs Jahre alt bekam eine schöne große Schultüte und wurde eingeschult.

Werner Großmeier hatte da schon seit längerem mit Renate eine Geliebte, aber auch bei ihr fühlte er sich nicht mehr wohl. Es war der Alltag eingekehrt. Immer dienstags, am freien Tag, Sex zu haben war für ihn nicht mehr so reizvoll, deshalb beendete er die körperliche Beziehung.

Seine Frau fing mit dem Trinken an. Sie hatte wohl etwas mitbekommen, dass er sie mit Renate betrügt. Sie kündigte ihr und sie half dann nur noch samstags im Wurstverkauf mit.

Großmeier war mittlerweile in eine neue Liebschaft vernarrt. Es war eine Erzieherin aus dem Kindergarten von Tiara. Er kann sich noch genau an das erste Aufeinandertreffen mit der Frau erinnern, wie er sie das erste

Mal gesehen hatte als er seine kleine Maus abgeholt hatte. Er suchte einen Stiefel seiner Tochter und konnte ihn unter den ganzen Winterklamotten nicht finden. Plötzlich sah er in zwei wundervoll leuchtende Augen die ihn so fesselten, dass er ab dem Tag jeden Tag die Kleine abholen wollte.

Er verliebte sich in Annemarie und verbrachte viel Zeit mit ihr, auch schon als er Dienstag noch seinen außerehelichen Pflichten nachkam.

„Ob sie was merkt, wenn er immer öfter, immer später nach Hause kommt!", fragte er sich.

Eigentlich zuviel Zeit. Er hätte ehrlich zu seiner Frau und Renate sein müssen.

Im Kindergarten tuschelten die Kolleginnen von Annemarie, was sie denn nur an ihm finden würde. Er ist doch zehn Jahre älter als sie und überhaupt, die zwei passen doch gar nicht zusammen, das hält bestimmt keine zwei Wochen, oder so ähnlich.

Sie aber liebte seine nach außen hin ruhige ausgeglichene Art. Werner war zudem ein außergewöhnlich guter Liebhaber.

Tiara hatte noch vor ihrer Konfirmation ihren ersten Geschlechtsverkehr mit einem Jungen aus der Nachbarschaft.

Das Jahr 2014 birgt aber noch weitere, zum Teil kuriose Geschehnisse.

Krise auf der Krim, Hoeneß muss in den Knast, Dragqueen Conchita Wurst gewinnt den Eurovision Song Contest, der IS ist im Irak und in Syrien auf dem Vormarsch und die PEGIDA gründet sich in Dresden.

Ines Großmeier wird endgültig zur Alkoholikerin, sie säuft sich das Leben schön.

Renate droht Großmeier das sie seiner Frau alles erzählt, wenn er ihr nicht 20000.- Euro gibt. Sie will zurück nach Bulgarien.

Bei gemeinsamen Besuchen mit ihrem Mann in der Öffentlichkeit fällt Ines Großmeier zusehends wegen verschiedener obszöner Handlungen auf.

Ihre Tochter, für die sie so gekämpft hatte, für die sie alles gegeben hatte, zieht 2015 aus dem gemeinsamen Haus aus.

Sie geht mit ihrem neuen Freund nach Hamburg und spielt da ihr großes Talent als Tänzerin, Sängerin und vor allem Influencerin aus. Sie macht im Web Karriere.

Für Ines Großmeier bricht eine Welt zusammen, sie trinkt immer mehr.

An einem Samstagnachmittag im September 2017 macht ihr Mann ihr eine große Szene.

Sie schreien sich an, es kommt zu Handgreiflichkeiten.

Ines Großmeier stürzt die Steintreppen vom Wohnbereich in den Keller hinunter und war sofort Tod.

Renate Georgi, die ihr Wurstpaket vergessen hatte, wurde ungewollt Zeuge des Vorfalls.

Was in den folgenden zwei Tagen geschieht bleibt lange im Unklaren.

Werner Großmeier muss seine Frau in seine Metzgerei geschleift haben. Dort hat er sie wohl fachgerecht zerlegt, wie es später einmal Kriminaltechniker treffend und unverblümt feststellen werden.

Dann muss er sie wohl, aufwendig, in Plastiksäcken verpackt in ganz Mainfranken an verschiedenen Standorten vergraben haben. Renate Georgi verlangte jetzt 100000.- Euro Schweigegeld von Großmeier. Da muss er wohl durchgedreht sein.

Bekannt wurde dann, dass Großmeier Mitte 2018 angeblich Selbstmord begangen hatte, nachdem sich seine Geliebte Annemarie Rosenzweig von ihm getrennt hatte. In Wirklichkeit hatte sie einen neuen Liebhaber kennengelernt, bei dem sie sich nicht verstecken musste und der ebenfalls nicht unvermögend war. Sie lernte ihn kennen als er bei Großmeier zu Besuch war und mit ihm über verschiedene Betrügereien redete.

Kapitel 21 - Kosmische Strahlen

Von ihrer Gemeinschaftsunterkunft zum Zucchiniacker waren es ungefähr zwei Kilometer. Ilena nahm für ihren Fußmarsch eine große Stablampe mit, die neben der Eingangstür ihren festen Platz hatte. Sie konnte es immer noch nicht glauben, was sie da auf den Gurkenflieger liegend gesehen hatte. Das Dorf lag völlig im Dunkeln, die Straßenbeleuchtung war ausgeschaltet, nur das bläuliche Briefkastenlicht im Eingangsbereich des Golfclubs konnte man sehen. Sonst stockdunkle Nacht, es war bei Neumond. Ilona hörte alle möglichen Geräusche und hatte Angst. Sie stellte sich in die Kurve des Radweges, da wo er Richtung Albertshofen abknickt, hin und lauschte in die Dunkelheit. In der Ferne hörte sie die Fahrzeuge auf der großen Autobahnbrücke vorbei rauschen. Der Zucchiniacker war ungefähr vier Hektar groß. Sie machte die Augen zu und versuchte sich vorzustellen, wo sie die abgetrennte Hand gesehen hatte. Sie wusste, dass es ziemlich am Anfang des großen Feldes war, ziemlich genau im vorderen Drittel. Sie lief los, den Lichtkegel der Stablampe auf den Boden gerichtet. Nach gut einer Stunde sah sie etwas glitzern. Sie hatte die Hand mit den Ringen gefunden. Sie hob sie auf und versuchte die Ringe abzustreifen. Es gelang ihr nur unter Aufwendung ihrer ganzen Kraft. Sie steckte die Ringe ein und nahm die Hand mit. Am nahen Mainufer schmiss sie die Hand in den Fluss. Dann musste sie sich übergeben. Sie machte die Lampe aus und setzte sich auf einen Baumstumpf und steckte sich eine

Beruhigungszigarette an. Gerade, als sie zurück in die Unterkunft gehen wollte, sah sie die Lichter eines Autos auf sie zukommen. In Höhe des Zucchiniackers kam der Wagen zum Stehen. Es war ein rosafarbener E-Smart. Der Fahrer oder die Fahrerin stieg aus und leuchtete mit einer Lampe auf den Boden des Feldes, so wie es Ilena vorher auch gemacht hatte. Sie bekam einen kleinen Schock und versuchte sich, möglichst ungesehen, aus dem Staub zu machen, was ihr auch gelang. Um zwei Uhr lag sie wieder in ihrem Bett in ihrem Zimmer in der Gemeinschaftsunterkunft der Saisonarbeiter/innen.

Hatterer und Elsa gehen davon aus das auf dem Acker bei Mainsondheim verschiedene Leichenteile vergraben wurden. Leichenspürhunde hatten aber das gesamte Gebiet schon einmal abgesucht und nichts gefunden. Mit einem Bodenradar hatten Geophysiker eine Bodenanomalie in der Nähe des Golfplatzes festgestellt. Zusätzlich habe Ultraschall die Vermutung bestätigt, dass sich im Boden ein Störkörper befinden müsse. Vorher hat ein speziell trainierter Archäologiehund an der Stelle angeschlagen. Gefunden wurde damals aber nur ein großer Betonblock, der, so schätzen die Experten, von der alten Eisenbahnbrücke über den Main stammt. Sie wurde im April 1945 von den Nazis gesprengt. Aber passt das zusammen mit dem teuren Ring, den Ilena Ajotur dort gefunden haben will.
Das Großmeier die Leiche seiner Frau zerstückelt hatte konnten zu dem Zeitpunkt die beiden Ermittler noch nicht ahnen oder wissen.

Für den ersten der beiden Fälle bekamen sie jetzt doch noch eine offizielle Belobigung der Unterfränkischen Polizeipräsidentin Susanna Porzuck.

Der Plan der beiden sah jetzt erst einmal vor mit dem Leiter und Vorsitzenden des Maschinenrings Walther Ziemann zu sprechen, dann mit der in Hamburg lebenden und wirkenden Tochter. Von der Existenz der Geliebten Annamaria Rosenzweig und der von niemand vermissten Renate Georgi wussten die Beiden zu dem Zeitpunkt noch nichts.

Es war die Woche vor den tollen Tagen gewesen. Erste Eisdielen eröffneten wieder ihre Läden.

Bei der Heimfahrt vom Würzburger Präsidium, wo sie im dortigen Schießkeller ihren halbjährlichen Nachweis erbrachten, saß Hatterer bei der Rückfahrt dösend auf dem Beifahrersitz. Plötzlich sah er ihren früheren Kollegen Eduard Gersteg. Er trug einen Kapuzenpulli mit Motiven von Hieronymus Bosch bedruckt dazu ein lustiges Hütchen auf dem Kopf.

Hatterer fragte sich, ob das jetzt ein Faschingskostüm sei oder ob Gersteg der alte Modeblogger, immer so rumläuft.

Dann kam ihm eine spontane Inspiration. Er dachte daran Eduard beim Verhör der Kleinen Großmeier hinzuzuziehen. Er war ja auch mittlerweile ein bekannter Influencer.

„Was denkst denn so angestrengt nach!", fragte Elsa und bog am Europastern auf die B8 Richtung Kitzingen ein. Aus dem CD-Player erklang spanische Gitarrenmusik.

Hatterer musste husten, seine Bronchitis war noch nicht ganz abgeklungen. Auf Elsas Frage gab er keine Antwort, er war in seinen Gedanken versunken.

Am Abend, wenn er Elsas nackte Kurven auf sich spürt und er über ihren vibrierenden Körper streichelt, genießt er den abklingenden Schleim in seinem Hals - es ist ein befreiendes Gefühl. Fast so schön wie das Eindringen in Elsa.

Der Nachrichtensender im Radio, das in der Digitalversion auf dem Nachttisch steht, unterbricht mit den Nachrichten ihr Liebesspiel. Schlagworte wie Hanoi, Abbruch, Gipfel, Donald Trump, Mittagessen, Kim Jong Un, Doping, Langlauf, schmutziger Donnerstag und dann auch noch das Fruchtkonzentrat mit Cordula Grün. „Mein Gott!" denkt Hatterer, der ja durch und durch ein Faschingsmuffel ist schaltet das Radio aus. Schnell widmet er sich dann wieder Elsa. Von den schlechten Erfahrungen, die sie beim Weiberfasching machen wird ahnten beide noch nichts.

Das Motto der Weiberparty hatte Elsa nicht ganz mitbekommen „Gnadenloser Chic" sonst hätte sie sich bestimmt ganz anderes kostümiert.

Wie es dann weiterging, ist bekannt.

Sie beichtete Hatterer alles, der es aber nicht so spießig aufnahm, wie sie zuerst dachte.

Jetzt zählte erstmal der Job, den sie zu machen hatten. Auch der zweite Fall will gelöst sein.

Walther Ziemann bestellten sie deshalb zu einer Befragung ins Revier.

Ziemann ein eloquenter Typ. Heute nicht im braunen Blaumann, sondern im maßgeschneiderten Anzug eines italienischen Modeschöpfers, erklärte den Beiden, im überzeugenden Ton und wissenschaftlicher Überzeugungskraft, wieso er denkt das mit dem Grundstück irgendetwas nicht stimmen könnte.

„Wir haben die Störung durch die strömende kosmische Strahlung festgestellt. Neutronen aus dem All treffen auf den Boden auf. Die Atome der festen Bestandteile, werden durch sie reflektiert und können gezählt werden. Wassermoleküle hingegen absorbieren einen Großteil der Neutronenenergie. Aus dem Verhältnis der auftreffenden und reflektierten Neutronen lässt sich die Bodenfeuchte in der Wurzelzone abschätzen und wenn ein Fremdkörper im Boden steckt, finden wir das dann auch heraus. Alles hochkomplex, aber es wird die Zukunft sein. Wir arbeiten da im Moment an einem Pilotprojekt mit, das vom Freistadt und von der Bayerischen Landesanstalt für Gartenbau gefördert wird."

Hatterer und Elsa waren baff, hörten mit offenem Mund den Ausführungen. Das hätten sie dem kleinen Mann jetzt wirklich nicht zugetraut oder hat der nur geblufft.

Hatterer holte die Karte und zeigte sie Ziemann.

„Wo meinen sie stimmt was nicht auf den Acker?"

Ohne zu zögern, deutete der Mann auf ein bestimmtes Eck und sagte nur, „Hier!"

War das der Durchbruch, um an die Leiche der toten Ines Großmeier zu kommen? „Eine Frage habe ich noch an Sie, Herr Ziemann."

„Ja bitte fragen sie ruhig!"

„Sie stammen doch eigentlich aus Südbaden, um genauer zu sein aus Wasenweiler. Ist das richtig?"

„Ja, warum!"

„Was sagen sie zu den Subventionsbetrugsvorwürfen dort. Erhalten sie hier auch Subventionen oder wie müssen wir uns das alles mit ihrem jetzigen Job vorstellen?" Ziemann schnaufte tief durch: „Sie scheinen ihre Hausaufgaben gemacht zu haben." Er lächelt und erzählt weiter: „Selbstverständlich bekommen wir hier auch Subventionen von der EU. Gerade auch für das Neutronenprojekt. Aber von Betrug kann keine Rede sein!"

„Okay, mehr wollte ich gar nicht wissen, schönen Abend Ihnen!"

Hatterer und Elsa freuten sich jetzt auf den Feierabend und packten zusammen.

„Wollen wir noch etwas zum Abendessen mitnehmen?"

„Ich würde gerne einmal eine Gyrospfanne machen!" schmunzelte Hatterer.

In einem Supermarkt kauften sie an der Metzgertheke 500g Schweinenacken.

Zum Marinieren legte er das in Streifen geschnittene Fleisch in Knoblauch, Thymian und ein bisschen Kreuzkümmel ein, dazu rote Charlotten und ebenfalls rote Paprika. Der Zaziki aus Magerquark, Magerjogurt, Raspeln aus Schlangengurken und ebenfalls Knoblauch, Salz, Pfeffer und ein bisschen Öl war dann schnell zubereitet.

Nach einer Stunde in der Marinade verteilte er das Fleisch in einer heißen Pfanne, um es kurz saftig zu braten. „Wichtig ist das man nicht zu viel Fleisch in die Pfanne gibt!" sagte er während des Brutzelns.

Neben dem Zaziki machte Hatterer dann noch so eine Art Pizza. Auf Weißbrotscheiben schmierte er Ajvar, rote Zwiebel, grüne Paprika und rote Chili. Zerkrümelten Feta drüber. Zum Überbacken in den Ofen. Fertig. Dazu einen kräftigen roten Frankenwein, den Hatterer bei einem Winzer aus Sulzfeld gekauft hatte.

Elsa war begeistert.

Am Sonntag ging es zum Faschingszug nach Würzburg, sie trafen sich mit früheren Kollegen als verkleidete New Yorker Cops. Elsa hatte sich von der Orgie am schmutzigen Donnerstag wieder gut erholt.

Am Rosenmontag bekam Hubert Aiwanger den Schlappmaulorden und am Dienstag begeisterte der Landkreisfaschingsumzug in Kitzingen das Narrenvolk.

Den Anruf bekamen die beiden Ermittler zu Beginn der Fastenzeit am Aschermittwoch. Hatterer sah lustig aus mit dem Aschekreuz auf der Stirn. Schon seit Jahren ließ er es sich nicht nehmen an Aschermittwoch in die Kirche zu gehen und für seine Sünden zu büßen.

Der Staatsanwalt stimmte einer Hausdurchsuchung des Großmeier Anwesens zu. Es war der übliche Modus Operandi, wie er in Deutschland üblich ist. Eine geöffnete Pralinenschachtel „Nuss Nougat De Luxe" nahm die KTU mit, ansonsten Schleifspuren voller Blut in der Metzgerei, die mit Lumisol visualisiert wurden. Nach der Faschingswoche werden sie dann auch den

Grabungsantrag für das Grundstück stellen. Sie schickten der Tochter Großmeier eine Einladung und vereinbarten mit Gersteg, dass er bei der Befragung anwesend sein konnte.

Elsa ging ins Amt von Großmeier und befragte die früheren untergebenen Mitarbeiterinnen, ob sie irgendetwas zu Ines Großmeier sagen könnten.

Zufällig war auch der Hausmeister anwesend, weil eine Heizung in einem der Büros leckte.

Er sagte zur Kommissarin, ob sie mal mit ihm in sein Kabüffchen kommen möchte, dann würde er ihr etwas Interessantes zeigen.

Er nahm sein Handy aus der obersten Schublade und spielte ein Filmchen ab.

Darauf war eine Frau zu sehen die anderen Besucher einer Veranstaltung belästigte, indem sie immer wieder ihren Rock hob und herumbrüllte, dass sie sich nicht rasiert hätte. Eine sehr peinliche Angelegenheit.

„Das ist dann wohl die Frau eueres Ex-Chefs?", fragte Elsa vorsichtig.

„Nach dieser Vorstellung wurde sie dann vermisst. Und recht hat er kabt der Großmeier, wenn er dieses Weibsstück ersäuft hätte!"

„Wieso kommen sie drauf das sie ertränkt wurde?"

„Ich wess gar nix, ich wollte Ihnen des nur amol zeigen! Alles klar! Fragen sie doch mal die Annemarie, seine Geliebte. Jeder hat des gewusst, dass der fremd geht!"

Elsa stutzte.

„Wie jetzt, Großmeier hatte eine Geliebte gehabt und die hieß Annemarie, ist das richtig?"

„Ja aber wie die genau kessen hat, wess ich ach ned!"
Auf der Rückfahrt zur Dienststelle hört Elsa, dass ein
Polizeischüler in Würzburg versehentlich seinen Stu-
benkameraden erschossen hat.

„Mein Gott!"
Dann noch das: Bei Grabungsarbeiten für eine neue
Kelterhalle der Winzergenossenschaft bei Buchbrunn
wurde ein Skelet eines Knaben aus dem Mittelneolithi-
kum, fast 7000 Jahre alt gefunden. Man gräbt „Freddy"
wie er von der Bevölkerung getauft wurde gerade vorsichtig, wie bei Archäologen üblich, mit Pinselchen
und Schäufelchen frei. Der Sprecher im Radio macht
sich über die Situation ein bisschen lustig.

Elsa findet es nicht so interessant und wechselt auf einen anderen Sender und denkt dabei, warum Hatterer
immer im Radio alles verstellen muss. Aus dem Radio ertönt ein Lieb mit dem Titel „Ein Band mit K"
von der Chemnitzer Band Kraftclub.

„Die Apokalypse ist nah
Doch ihr werdet verschont
Wenn ihr im Besitz seid
Der kompletten Kraftklub Merch-Kollektion
Kein Sound, kein Bodyguard
Keine Kondome und kein Paragraph
Das Einzige was euch wirklich schützt
Ist die Band mit dem K
Und alle Frauen schreien ja
Wir tragen wieder schwarz
Die Band mit dem K
Triff uns an der Bar

Wir trinken W-O-D-K-A
Schmeißt eure BHs…"

Hatterer hatte es sich im Büro gerade schön gemütlich gemacht. Ein frisch Gebrühter stand auf dem Schreibtisch und auf dem Laptop lief ein Porno.
Die Türe wurde aufgerissen und Elsa stürmte herein.
Er konnte im letzten Moment noch seinen Laptop zuklappen.
„Na, schaust wieder nackerte Weiber an? Wusstest du das Großmeier eine Geliebte hatte? Wieso verstellst du immer meine Radioprogramme in meinem Auto?"
Zack setzen.
„Komm mal runter, wann soll ich denn deine Sender verstellt haben? Ich fahre doch nie mit deiner Schüssel! Das mit der Geliebten habe ich mir fast schon gedacht. Wenn du so eine durchgeknallte Alte an der Backe hast, kein Wunder."
„Nur gut, dass du alles schon wieder gewusst hast!"
„Ich habe es vermutet, männliche Intuition! Aber wieso verstellen sich bei dir die Radiosender, du hast doch auch die Programmtasten."
Elsa ging nicht mehr näher auf die Feststelltasten des Autoradios ein, sie lief aufgeregt auf und ab. Wenn sie wüsste warum die Radioprogramme verstellt waren, würde sie noch aufgeregter umherspringen.
„Sag mal was ist los mit dir, setz dich erstmal hin jetzt. Willst du einen frisch Aufgesetzten?"
„Annemarie heißt sie!"
Hatterer schaute verdattert:" Wer heißt Annemarie!"

148

„Na die Geliebte vom Großmeier und sie soll Erzieherin in einem Kindergarten sein!"

„Hier in Kitzingen?"

„Ja!"

„Das bekomme ich raus, aber jetzt setz dich erst einmal um Gottes Willen auf deinen Hintern und trink einen Kaffee!"

Zur gleichen Zeit sprach eine kühle männliche Stimme in ein Smartphone. „Wir müssen den ersten Schritt machen. Ich bin mir sicher, dass die zwei uns draufkommen, sie stehen ganz knapp davor!"

Die andere Männerstimme erwiderte: „Ich habe ihr Auto durchsucht und keinen Anhaltspunkt gefunden, dass sie überhaupt einen Schimmer haben um was es eigentlich geht! Was soll das heißen erster Schritt? Willst du sie umbringen?"

„Kennst du die Geschichte von dem Esel und dem Wolf? Der Esel kennt anders als Schafe kein Fluchtverhalten. Er stellt sich dem Wolf, läuft schreiend und Zähne fletschend auf ihn zu und traktiert ihn mit gezielten Tritten mit den Hinterhufen! Genauso ist es bei den beiden Ermittlern. Die machen die Augen nicht zu. Die suchen so lange weiter, bis sie am Ziel sind."

„Wissen die überhaupt was ihr Ziel ist?" spie Kurt Hess vorwurfsvoll hervor.

Werner Großmeier, Annemarie Rosenzweig und Walther Ziemann gerieten mehr durch Zufall in die Situation, in der sie dann steckten. Kurt Hess war mehr ein Mitläufer, der aber über alles Bescheid wusste.

Ziemann wusste von Hess irgendwas das ihn in arge Bedrängnis bringen konnte, wenn es herauskommt.

Ziemann und Großmeier gründeten vor einigen Jahren eine Scheinfirma für Beratertätigkeiten und boten darüber gefakte Weiterbildungen für Landwirte und Gärtner an. Sie rechneten fingierte Beratungen im großen Stil mit verschiedenen Ämtern, Behörden und Firmen ab.

Großmeier entzog sich der Verantwortung angeblich durch Selbstmord, so jedenfalls die offizielle Version.

Rosenzweig und Ziemann hatten jetzt Angst, dass die beiden unerbittlichen Ermittler im Rahmen ihrer Aufklärung des Cold Cases, der vermissten Ines Großmeier ihnen draufkommen könnten und den Mord an Großmeier und den Subventionsbetrug in Höhe von über hundertachttausend Euro aufklären könnten. Die Durchsuchung des Mazdas der Chefermittlerin hatte keinerlei Hinweise ergeben, wie weit die Nachforschungen gediehen sind. Das Hess dabei den Radiosender verstellt war nicht geplant. Er hört halt mal gerne Radio Larifarri.

„Die beiden werden noch Jahre später ihre Fangeisen auswerfen um uns zu überführen, wenn sie Lunte gerochen haben. Wieso musstest du Großmeier auch umbringen!", schimpfte Annemarie bei einem gemeinsamen Abendessen, in einem Sommerhäuser Sternerestaurant, vorwurfsvoll. Sie ist mehr durch Zufall in den Schlamassel, in dem die drei jetzt steckten, hineingeraten. Es war die Liebschaft mit Ziehmann, es war die schöne Villa und das süße Leben.

Hatterer streckte sich auf seinem Bürostuhl. „Komm wir machen Feierabend, wollen wir nochmal ein Stück über Land fahren? Richtung Mainsondheim. Ich will mich nochmal auf den Acker stellen und überlegen!"

Unterwegs fuhren sie an einer kleinen Herde Milchkühe auf einer Weide vorbei.

Hatterer begeistert zu Elsa: „Wenn ich das so sehe wird mir klar, warum Kühe bei den Hindus heilig sind!"

Im Radio lief „La Camisa negra" von Juanes.

Als sie auf dem noch leicht gefrorenen Boden des Ackers standen, viel es Hatterer wie Schuppen von den Augen.

„Die Geliebte von Großmeier hieß Annemarie. Wahrscheinlich zwanzig Jahre jünger nur Beine, Titten, Po! Richtig? Sie soll Kindergärtnerin sein und du hattest an Weiberfasching mit einer Kindergärtnerin die ebenfalls Annemarie hieß, Sex. Richtig. Könnte es sein, dass dies die gleiche Frau ist!"

Elsa rief Lilly an, um diese zu fragen wer Annemarie ist. Sie hat zwar nach dem tragischen Tod von Friedrich Laue keinen Kontakt mehr zu ihr, was sie aber nicht daran hinderte, anzurufen. Es war später Freitagnachmittag und Lilly hatte bereits Feierabend gemacht und ihr Smartphone ausgeschaltet. „Auch erledigt!", dachte Elsa.

Elsa zweifelte jetzt an ihren Fähigkeiten und Hatterer sagte zu ihr, dass sie nicht so beamtenhaft sein solle.

„Wir klären das alles auf!"

Tiara Großmeier kommt zur Befragung in zwei Wochen nach Kitzingen. Im Moment befindet sie sich bei einem Event in Marokko.

Kapitel 22 - Beifang

Die Ausgrabungsfirma, die bei der Winzergenossenschaft die archäologischen Grabungen durchführt, hat in der Nähe des alten Skelets noch etwas ausgegraben - das aber bei weitem nicht so alt ist wie die Knochen von „Freddy".

Es handelt sich um eine Plastiktüte mit einem fachmännisch abgetrennten Oberschenkel eines Menschen, der am Freitagnachmittag entdeckt und geborgen wurde.

Hatterer und Elsa werden erst am Wochenanfang davon erfahren. Nachdem Herbert Kiesgruber, auf dessen Tisch das Leichenteil landete, den Oberschenkel untersucht hatte.

Das schöne Wetter, mit Temperaturen bis zu 18 ° hatte sich, jedenfalls vorläufig, verabschiedet.

Hatterer wollte am Morgen seine Nachbarn besuchen um deren Meinung zu irgendwelchen gartentechnischen Sachen einzuholen.

Elsa schmollte und hauchte dann zu ihm: „Dann hoffe ich nur das sich die Nachbarschaft auch die Beine für dich rasiert hat!"

Das saß. Hatterer blieb im Haus.

Sie fuhren dann ins Kino in den Mainfrankenpark und schauten sich einen Thriller mit Liam Neeson an. Das Movie spielt in den Rocky Mountains und ein Schneepflugfahrer legt sich mit der Drogenmafia an. Bei minus 10 Grad im hohen Schnee fällt ein Drogengangster nach dem anderen seiner Rache zum Opfer. Er rächt seinen Sohn, der an den Drogen des Syndikats gestorben war.

Ein längerer Spaziergang am Ufer des Maines bei Sommerhausen und der verdiente Kaffee danach in einer Bäckerei in dem malerischen Weinörtchen, rundeten den Sonntag ab.

Am Abend dann nach dem Franken Tatort fühlten sich die beiden im wohlig warmen Bett sehr wohl.

Von dem Fund des Leichenteiles erfuhren sie erst aus der Zeitung am Montagmorgen beim Frühstück.

„Na toll!"

Dann ging auch pünktlich um 8 Uhr das Telefon. Es war Julia Knollmeier von der Kriminaltechnik, die Assistentin von Herbert Kiesgruber: „Wir haben hier auf dem Tisch einen Oberschenkel liegen und es dürfte sich dabei um den von Ines Großmeier handeln! Er wurde bei Ausgrabungsarbeiten durch Archäologen bei Buchbrunn gefunden."

„Danke für die Nachricht, aber das haben wir schon in der Zeitung gelesen!"

„Wie Zeitung!"

„Zeitung halt. Nix für Ungut!"

Hatterer legte auf und hinterließ eine verwirrte Assistentin.

Im Office legten sie los, um in verschiedenen Kindergärten nach Annemarie Rosenzweig zu fragen. Schon bei der zweiten Kindertagesstätte wurde sie ans Telefon geholt.

„Bitte kommen sie umgehend zu uns auf die Wache. Nicht später, nicht morgen, sondern umgehend, spätestens in einer Stunde!"

Auf dem Weg zur Polizeiwache, telefonierte Fräulein Annamaria mit ihrem „Komplizen".

„Und du weißt nicht was sie von dir wollen?"

„Einbestellt halt zum Verhör, wahrscheinlich wegen dem Leichenteil. Sag mal hast du keine Zeitung gelesen?"

„Guten Morgen!"

Annamaria lächelte Elsa verführerisch an und wollte gerade etwas sagen.

„Setz dich bitte!"

Sie hatte einen hellen, für eine Kindergarten-Erzieherin viel kurzen Rock mit pfirsichfarbenen Längsstreifen in verschiedenen Tönen an. Die Bluse hatte ebenfalls die Farbe des Pfirsichs wie auch die Strümpfe. Als sie ihre langen Beine übereinander schlug sah Elsa ihre vier Zentimeter Heels im selben Ton wie die Strümpfe, nur etwas dunkler. Sie hatte etwas zu viel Classique Wonder aufgelegt.

Elsa beließ es beim Du, beide hatten sich ja schon einmal nackt beim gemeinsamen Sex gesehen.

„Hallo, Arne Hatterer, mein Name ich führe die Befragung!" Er legte sein Smartphone auf den Tisch und schaltete den Aufnahmerekorder an.

Hatterer machte nicht lange herum und kam schnell auf den Punkt. Er starrte auf die sexy Beine von Annemarie. Die Szene erinnerte ein wenig an den Erotikthriller Basic Instinct mit Michael Dougles und Sharon Stone. Er fasste sich aber schnell wieder und fragte nach der Liebesbeziehung mit Großmeier, wann sie begonnen hatte, wie lange sie gedauert hat und warum sie beendet wurde. Er fragte nach Ines Großmeier, nach der Tochter Tiara, nach Eigenheiten Großmeiers und nach Gemeinsamkeiten.

Annemarie fiel es leicht wahrheitsgemäß zu Antworten.

Sie erzählte ziemlich zügig, wie es zu der Beziehung gekommen ist, über die durchgeknallte Ines Großmeier und die Tochter. Sie war gut vorbereitet und so hörte es sich auch an. Annemarie nahm eine fünfer Packung „Nuss Nougat De Luxe" aus ihrer orangenen Designertasche und bot den beiden davon an. Genussvoll steckte sie sich eine Praline zwischen ihre vollen, orangen geschminkten Lippen und zwinkerte Hatterer zu.

„Tschüss Elsa, vielleicht können wir ja wieder mal was gemeinsames Unternehmen!" Sie lächelte dabei süffisant und streichelte Elsa über den Unterarm.

Dann legte sie sich den orange gefärbten Fuchspelzkragen über die Schulter und verschwand.

„Das ging mir jetzt alles zu glatt was die aufgebrezelte Süßwasserorange von sich gegeben hat. Die hatte auf alles eine Antwort, irgendwas stimmt da nicht. Die ist sich ziemlich sicher. Hast du ihre Handynummer? Die lasse ich überprüfen mit wem die Diva so quatscht. Dein Einsatz war ja sehr hilfreich!"

Hatterer war sauer und rief bei der nötigen Stelle im Würzburger Präsidium an. Verbindungsübersicht und Einzelverbindungsnachweise stellen in der heutigen Zeit für die ermittelnden Behörden kein Problem mehr dar. Auffällig zahlreich wurde von Rosenzweigs Handy eine Nummer angewählt!

„Ziemann hier. Bitte hinterlassen sie eine Nachricht ich rufe zurück!"

Hatterer schaute Elsa an und fragte sie, was ihnen die Information von der Verbindung zwischen Ziemann und Rosenzweig bringt.

„Ich hole mir einen Döner, soll ich dir einen mitbringen?"

„Du denkst auch nur ans Essen. Ja bitte mit viel scharf und Knoblauchsoße!"

Er packte sie an der Schulter, doch angesichts ihrer ernsten Mine lockerte er den Griff wieder. Dann machte er sich davon.

„War sehr lecker. So und jetzt hole ich uns noch einen Nachtisch".

Hatterer machte sich auf dem Weg in eine nahegelegene Eisdiele am Gustav-Adolf-Platz und ließ von dem Pistazieneis mit Schokocreme drei Kugeln in einen Becher geben. Er liebte es Eis von einem noch unberührten Container zu schnabulieren, was am Vormittag öfters möglich ist. Der charmanten Eisverkäuferin hatte er vor kurzem einmal gesteckt, dass er für die Schokocreme durch die Hölle gehen würde. Seitdem bekam er immer extra viel von der leckeren Schokocreme in seinen Becher. Für Elsa nahm er Zitrone und Heidelbeere mit.

Nach dem Schmaus gings wieder an die Arbeit. Auf dem Weg zum Ausgrabungsort machten sie noch kurz halt am Kino im Mainfrankenpark. Elsa wollte für Hauptkommissar Franz Hell, der demnächst in den

Ruhestand verabschiedet wird, einen Kinogutschein, für ihn und seine Gemahlin, kaufen.

Während Elsa zur Kinokasse schlenderte, die offiziell noch geschlossen hatte, schaute sich Hatterer gegenüber die Ladestationen mit den Teslas an.

Lauter Holländer, auf den Weg in den warmen Süden, luden neben dem Schnellrestaurant auf einem Parkplatz ihre Teslas auf.

„Vierhundertfünfzigtausend Euro stehen da drüben", sagte Hatterer und zeigte auf die kleine Flotte der E-Automobile.

Dann ging es zur Ausgrabungsstätte und mit wenigen neuen Erkenntnissen zurück ins Büro in die Landwehrstraße.

„Also wir können davon ausgehen, dass Werner Großmeier seine Frau zerlegt hat und sie dann wohl an verschiedenen Stellen einzeln vergraben hat. Das wird wieder so eine Sisyphusarbeit."

Elsa schenkte sich einen Kaffee ein und sagte dabei: „Aber was für eine Rolle spielen Walther Ziemann und Annemarie Rosenzweig dabei. Wir müssen die Beiden durchleuchten, und zwar sehr genau!"

Die Auswertung der Handydaten ergaben das die Beiden, also Ziemann und Rosenzweig, im regen Kontakt standen und noch etwas konnte festgestellt werden. Die beiden überprüften Handynummern hatten auch oft die Festnetznummer von Großmeier angerufen. Zuletzt an dem Tag als Großmeier angeblich seinen Suizid begangen hatte.

Kapitel 23 - Neue Erkenntnisse

Für den nächsten Tag hatte sich die Ausgrabungsfirma angemeldet. Hatterer und Elsa wollten direkt nach kleinem Frühstück nach Mainsondheim zu der Stelle fahren wo ausgegraben werden soll. Doch dann war plötzlich der Strom weg. Nur das grüne Licht der Funk-Computermaus leuchtete. Sonst überall Stille und Dunkelheit. Schleret klopft an die Haustüre: „Ist bei euch auch alles tot?? Ich habe schon beim Versorger angerufen. Es kann sich nur um Stunden handeln."

Elsa sagte beim Hinausgehen zu Hatterer das er die Ladekabel für die Handys mitnehmen soll.
In der Kaltensondheimer Straße in Kitzingen war zu allem Übel noch ein Wasserrohrbruch, die Durchfahrt war versperrt. Ein Arbeiter, der aussah als wäre er früher immer auf der Ersatzbank gesessen, winkte sie in die Umleitung. Die ging durch eine bergig gelegene Siedlung mit engen, zugeparkten Straßen. Leute standen gestikulierend in ihren Vorgärten. Die halbe Stadt war ohne Strom. Heizungen erkalteten und Gefriertruhen tauten langsam auf.
Als sie verspätet in Mainsondheim ankamen legten bereits zwei Männer vom Vermessungsamt die Stelle genau fest wo dann gegraben wurde.
Es dauerte nicht lange und eine Plastiktüte kam zum Vorschein. Vergraben in etwa einen Meter Tiefe.
So wie es aussah war es der Rumpf einer Frau und höchstwahrscheinlich der von Ines Großmeier.

Ein Kurierfahrer der Kriminaltechnik übernahm den übelriechenden Torso und brachte ihn auf dem schnellsten Weg zu Herbert Kiesgruber und seiner Assistentin Julia Knollmeier, die sich heute für eine Bluse mit Paisleymuster, enger schwarzer Jeans in Lederoptik und gelben Chucks entschieden hatte.

Kiesgruber hüstelte: „Fangen wir an, holen sie bitte die Kittel damit wir beginnen können."

Julia gefiel der ClincDress überhaupt nicht, aber das gehörte nun mal dazu. Beim Überstreifen der Gummihandschuhe träumte sie von ihrem „Gsichtle" wie sie ihren Freund Kevin Maul nannte.

„Fräulein Knollmeier, wo sind wir wieder mit dem Gedanken. Bitte alles bereitmachen zur Gewebeprobeentnahme…"

In Mainsondheim gingen derweil die Leute von der KTU Bereitschaft aus Schweinfurt mit einem neuartigen Metalldetektor, der selbst Sicherheitsnadeln in einem Meter Tiefe aufspüren kann, über den Acker. Nach gut einer Stunde und ungefähr 20 Kronenkorken wurde ein starker Ausschlag angezeigt. Der Detektor zeigte an das sich in 40cm Tiefe ein größerer Metallgegenstand befindet. Es war eine Pistole vom Typ Makarov.

Der Strom war wieder da. Kitzingen atmete auf. Der Anruf von Kiesgruber erreichte Hatterer und Elsa am Dienstag kurz vor Dienstschluss.

„Ich muss ihnen mitteilen das die forensische Untersuchung des Leichenteils ergeben hat, dass es nicht zu

159

dem Oberschenkel gehört, den wir vor ein paar Tagen untersucht haben. Es sind zwei verschiedene Personen. Beides von Frauen, die zweite Leiche von der wir den Torso haben, ist etwas älter als der erste Leichenfund. Ich kann ihnen leider nichts erfreulicheres mitteilen." Aufgelegt.

„Puh", machte Hatterer, „das ist ja eine völlig neue Ausgangslage. Wir haben jetzt drei Leichen. Ist eigentlich Großmeister verbrannt worden oder im Sarg beerdigt?"

„Warte, werden wir gleich haben. Er wurde nicht verbrannt. Denkst du jetzt dasselbe wie ich?"

Hatterer schaute auf den Boden.

„Genau, wir lassen die Leiche exhumieren. Jetzt will ich es genau wissen!"

Hatterer rief sofort beim zuständigen Staatsanwalt Leo Wohleb in Würzburg an. Sie mussten den genauen Sachverhalt erklären.

„Der Beschluss geht heute noch raus und die Kriminaltechnik soll sich darum kümmern!"

Dann bekamen sie noch einen Anruf von Tiara Großmeier. Sie sei früher als geplant aus Marrakesch zurück und könnte morgen Nachmittag in Würzburg am Busbahnhof sein.

„Okay, um wieviel Uhr sind sie dort?"

„Laut Fahrplan um 13.45 Uhr!"

„Meine Nummer haben Sie, ja?"

„Ich rufe gleich noch Gersteg an das er morgen dazu kommen möchte, wenn er Zeit hat."

Elsa völlig unaufgeregt sagte dann zu Hatterer das er zugesagt hat das er kommt.

„Und jetzt habe ich Hunger!"

Sie kauften in einem Discounter verschiedene Sachen für einen italienischen Abend. Die Kassiererin schwärmte vom Basilikum, „ich liebe den Duft, es riecht so gut nach Frühling!"

Am Mittwochmorgen beim Kaffeetrinken las Hatterer laut vor: „Bruchsal - Über 100 Autofahrer werden nach einem Unfall auf der A5 ordentlich blechen müssen! Sie haben laut Polizei keine Rettungsgasse gebildet. Auf der A5 in Richtung Heidelberg krachen am Dienstagnachmittag drei Lkw zusammen. Ein Lasterfahrer wird bei dem Unfall schwer verletzt, die Autobahn muss voll gesperrt werden. Es bildet sich ein Stau von bis zu 20 Kilometer Länge. Auch bei diesem Unfall gibt es Probleme mit der Rettungsgasse. Über 120 Autofahrer erwartet nun ein Bußgeld. Insgesamt sind 27.000 Euro zu erwarten!" „Da bist doch du auch letzte Woche noch gefahren. Ganz schön happig, aber geht wohl nicht anders. Das Rillettes de canard, dass du mitgebracht hast, schmeckt tierisch gut", schmatzte Elsa heraus.

Die Durchfahrt in Kitzingen war wegen des Wasserrohrbruchs immer noch gesperrt.

Im Büro lagen zwei Faxe, Kiesgruber hatte es nicht so mit Online-Botschaften. Laut der DNA-Probe des Leichenteils von Buchbrunn, stammt der Torso wohl von einer Frau Namens Renate Georgi. Die Mitteilung ist über das BKA gekommen, die wiederrum über die

Ahnenforschungsfirma „Annaconda" den entsprechenden Nachweis bekommen hatten. Frau Georgi hatte wohl über ihre DNA-Ahnenforschung betrieben.

„Das ging ja mal zackig! Hast du den Satz von ihm gelesen! "Lies vor!" „An mir hat es nicht gelegen!" „Was er wohl damit meint! Okay Arne, ich mach Kaffee und du könntest dich ja mal über die Frau Georgi schlau machen!"

Hatterer durchsuchte alle möglichen Datenbanken nach der Frau. Nichts. Er versuchte es mit Georgy und auch mit Georgina oder Georgius, auch nichts. Bei der kyrillischen Variante еорги wurde Hatterer dann fündig. Renate Georgi war eine Frau bulgarischer Abstammung deren Eltern vor vielen Jahren über eine Arbeitsvermittlungsfirma nach Deutschland kamen. Sie wurde in Würzburg geboren.

Elsa schaute ihn über die Schulter und drückte ihren Busen auf Hatterers Rücken. Der sich lüstern räkelte und seinen Kopf nach hinten bog und Elsas Kussmund erwiderte. „Schon sehr interessant," „Was der Kuss ist nur interessant?" „Ich meine doch die Erkenntnis, die wir gewonnen haben, jetzt müssen wir nur noch wissen wie die Vermittlungsfirma heißt. "Für was? Ist doch nicht so wichtig wie die nach Deutschland gekommen sind!"

Kapitel 24 - Im Steigerwald

Zur gleichen Zeit streift ein Hobbyfotograf durch den Steigerwald auf dem Friedrichsberg, er ist auf der Fotopirsch nach Schwarzwild. Er kennt sich aus und weiß ziemlich genau Bescheid über das Verhalten der Schwarzkittel. Die kahlen Bäume stimmten ihn ein wenig melancholisch, wie der graue Himmel und das verdorrte Gras. Der Wind pfiff durch das abgestorbene Gebüsch. Er hatte eine Vermutung wo das Rudel stehen könnten. Lautlos streifte er abseits der Wege durch die kahle Stille des faszinierenden Waldes. Es lag kein Schnee mehr und der Boden wurde langsam weich. Sein Camouflage Outfit passte sich gut der vorfrühlingshaften Natur an. Nach einer knappen Stunde kam er zu einer aufgewühlten Stelle. Er hätte es auch einfacher haben können, wenn er den Waldweg entlanggelaufen wäre. Irgendetwas glänzte im Morgenlicht. Als er näher kam erschrak er gewaltig. Ein angefressener Frauenkopf schaute ihn aus einer aufgerissenen Plastiktüte an. Die eine Hälfte des Gesichtes war vollkommen unkenntlich. Nach einer Weile fand er seine Fassung wieder und mit dem Handy rief er bei der Polizei an. Dann machte er sich daran den Kopf und die Umgebung zu fotografieren und gleichzeitig überlegte er wie die Bilder zu Geld machen könnte.

Polizeihauptkommissar Franz Heil nahm das Gespräch entgegen. Er spurtete daraufhin ins Büro der beiden Sonderermittler.
„Wir ham den Kopf! "Langsam Heil, von was

sprechen sie und was für einen Kopf?" „Ausgerechnet an meinem letzten Arbeitstag, so eine Scheiße, ein Fotograf hat den Kopf einer Frau auf dem Friedrichsberg gefunden und friert sich jetzt den Arsch ab. Hier das hat er per SMS durchgegeben. 49°45'42.8"N 10°23'46.5"E 49.761895, 10.396262." „Danke Franz, warte mal kurz. Hier für dich zum Abschied. "Danke, Danke vielen Dank ich werde euch vermissen. Da werde ich wohl den Roadtrip mit meinem neuen Wohnmobil um einen Tag verschieben müssen!" Sagte strahlend der gute Geist der Kitzinger Wache im Anblick der beiden Kinokarten. „Wieviel Uhr? "Kurz vor zehn!" "Das schaffen wir!" „Fahren sie uns Franz! "Logo, ich sag nur noch schnell in der Wache Bescheid!" Franz Heil fuhr mit Blaulicht und Martinshorn durch den stürmischen Morgen. Kleine Ästchen, Blätter und Plastiktüten flogen durch die Luft. Elsa beobachtet einen himmelhoch kreisenden Mäusebussard, der ein Thermikkissen erwischt hat und vom Aufwind erfasst nach oben gleitet.

„Da geht jetzt wahrscheinlich wieder ein weiterer Sack auf." Sagte Hatterer während der Fahrt zu seiner Elsa.

Nach der wilden Fahrt waren sie nach zwanzig Minuten an der Auffahrt zum Friedrichsberg und in weiteren fünf Minuten auf dem Parkplatz am noch immer geschlossenen Waldgasthaus. „Du kannst dem Navi nach, ruhig noch auf den Waldweg ein Stück hineinfahren, aber ohne Sirene! Der Fundort des Kopfes lag nur wenige hundert Meter vom Waldweg entfernt, was den Ermittlern zeigt das hier wahrscheinlich in der Nacht verbuddelt wurde. Sie liefen hintereinander, schoben vertrocknete Zweige auf die Seite, stiegen über Wurzeln und umgestürzten, bemoosten Baumstämmen. Aus matschigen Pfützen stieg ihnen der Geruch des Frühlings in die Nase. „Hierher", hörten sie jemand rufen. „Oh mein Gott sieht das gruslig aus! Hatterer kannst du ein paar Bilder machen." Der Frühling war vorbei.

Elsa musste sich übergeben. „Wann haben sie denn den Kopf gefunden? Wie heißen sie und ihre Adresse bitte?" „Biff Kraenson, Col de Fox 2, 96916 Dürrnbuch!"

„Cooler Name, klingt so holländisch. Okay, vielen Dank dass sie uns umgehend verständigt haben, wir melden uns für das Protokoll!" „Mit Holland haben sie recht meine Eltern stammen aus Rotterdam und verleben jetzt ihre Rente in Curaçao. Gefunden habe ich den Kopf auf der Pirsch unmittelbar, bevor ich sie verständigt habe." Kraenson erzählte dann schwärmerisch von der Insel in der Karibik, dem blauen Wasser mit den herrlichen Stränden. Nach einiger Zeit kamen dann Micele Piazolo und Max Steinegger von der SpuSi. Beide waren missmutig gelaunt. „Hallo ihr zwei, dann können wir ja gehen. Bericht bitte direkt an uns! "Wie immer, machen wir!" antwortete Micele Piazolo und schaute grimmig aus der Kapuze seines Tatort-Schutzanzuges. „So Franz, bitte mit Blaulicht wieder zurück, wir müssen um 13 Uhr in Würzburg sein! "Das schaffen wir locker!" prahlte der Pensionist in Spe. Doch hinter Wiesentheid mussten sie bei einem kleinen Waldstück einen riesigen Ast Totholz von der Straße räumen und auch der Krötenzaun hatte sich, durch den starken Sturm aus der Verankerung losgerissen und sie mussten ihn halbwegs wieder festmachen. Nach einer Viertelstunde ging es weiter. Mittlerweile war auch jemand vom Bund Naturschutz dazu gekommen. Sturmtief Eberhard zeigte seine ganze Kraft.

Am Haltepunkt für Fernreisebusse mussten sie nicht lange nach Tiara suchen. Es konnte nur die aufgebrezelte Tussi sein, die da im toughen Militärlook in Saharabraun mit Gürtel und Schulterschnalle gelangweilt am Bordstein stand. „Irgendwie steht ihr aber der sexy Powerfrauen-Look" stellte Hatterer fest. „Jetzt labber doch nicht rum, sieht doch scheiße aus!", erwiderte Elsa. Der Bus hatte wegen Sturmtief Eberhard eine halbe Stunde Verspätung, trotzdem kamen die Ermittler nochmal eine Viertelstunde zu spät. „Hallo, sind sie Tiara Großmeier?" Die junge Frau sagte dann nur, ob einer von den Kriminalbeamten Feuer hätte. Heil reichte Feuer zur extradünnen Frauenkippe. Im gemäßigten Tempo ging es über die B8 nach Kitzingen auf die Wache. Unterwegs bekam Elsa einen Anruf von Herbert Grieshuber. Aufgeregt erklärte er das die zweite Leiche durch Schächten in einer furchtbaren Agonie ums Leben gekommen sein muss. Es wäre so gut wie kein Blut im Torso gewesen. Da wussten sie noch nicht, dass die Frau durch Köpfen mit einem Schnitzelbeil das Leben verloren hatte. „Danke für die Nachricht!"

„Wollen sie ablegen? Kaffee oder lieber Tee?" Tiara Großmeier schaute fragend in die Runde: „Dauert es so lange, dass es sich lohnt die Jacke abzulegen. Haben sie irgendwo einen Spiegel. Der Wind hat mein ganzes Haar zerzaust. Achja und wenn sie schon was anbieten, dann bitte einen Tee mit Milch und Zucker!" Hatterer nahm ihr die Jacke ab und zeigte ihr die Toilette wegen des Spiegels. Er konnte nicht entscheiden ob sie hübsch oder nur originell aussah. Als sie wieder hereinspazierte rückte er ihr einen Stuhl hin. „Bitteschön! Es ist angrichtet!", der Spruch gehörte zu seinen Tiny Habbits die er immer wieder gebrauchte. Erst jetzt sah er ihre tiefdekolletierte Bluse, in der aber kein Busen steckte. Tiara war spindeldürr. Schnippisch fragte sie, was die Polizei von ihr will.

„Ja wir wollen halt von Ihnen wissen, wie sie so mit ihren Eltern standen, ob ihnen irgendetwas aufgefallen ist. Wir brauchen Alibis von Ihnen. Sie wissen schon, dass ihr verstorbener Vater in Verdacht steht, ihre Mutter getötet zu haben und auch ihre Haushaltshilfe Renate Georgi. Wo wollen wir beginnen? „Tiara schlürfte seelenruhig an ihrem Tee und erklärte dann den Ermittlern das sie so gut wie keine Ahnung hätte, was da passiert sein könnte. Ihre Mutter sei in den letzten Jahren ein wenig durchgeknallt gewesen und hätte zu viel gesoffen. Mehr als ihr gut tat. „Aber das wissen sie sicherlich schon lange. Die Georgi hat mein Vater anscheinend gevögelt. Ich war da noch zu klein. Aber ein Bild hat sich in mein Hirn eingebrannt. Als kleines Mädchen habe ich meinen Vati und die Georgi einmal zufällig in der Lewinski Stellung gesehen. Das Gestöhne von meinem Vati höre ich heute noch. Dann hat er ja mit meiner Kindergärtnerin Annemarie ein festes Verhältnis angefangen und der Georgi den Laufpass gegeben. Mehr weiß ich auch nicht. Ich habe mich dann auch immer mehr von meinen Eltern seelisch entfernt. Wars das?" „Kennen sie einen Walther Ziemann oder haben sie diesen Namen schon einmal bei ihnen im damaligen Zuhause gehört? "Klar kenne ich die alte Sau, der wollte mich mal, als ich so ungefähr 14 Jahre alt war, ja es war so ein paar Wochen nach meiner Konfirmation, vergewaltigen!" Hatterer und Elsa schauten verdutzt. „Echt jetzt, sind sie zur Polizei und haben sie ihn angezeigt?" „Mein Vater wollte das nicht, ich hatte so das Gefühl das Ziemann irgendetwas hatte mit dem er meinen Vater unter Druck setzen konnte! Darum bin ich doch auch schon 2015 mit meinem damaligen Freund nach Hamburg gegangen, ich habe es nicht mehr ausgehalten bei meinen Alten." "Da waren sie gerade 15, haben das ihre Eltern erlaubt?" Tiara lächelte und nahm einen Schluck Tee. „Ich habe den Spieß umgedreht und ihm gesagt das ich zur Polizei gehe, wegen Ziemann und anderen Sachen, die ich so mitbekommen habe." „Was haben sie denn so mitbekommen?" „Nicht viel, aber es hätte gereicht! Mein Vater hat gegen hohe Zahlungen falsche Pässe und Führerscheine besorgt. Er hat damit ziemlich viel verdient denke ich. Ich habe da nur mal etwas gehört, als er sich deswegen mit der Annemarie im Schlachthaus gestritten hatte. Sie wollten meine Mutter zu meiner Oma in die Klapse abschieben. Ach so, genau weiß ich das alles nicht mehr. Ich habe mich um meine Karriere gekümmert." Es klopft, Eduard Gersteg, der Modeblogger kam zur Türe rein. Er hatte unter seiner schwarzen Lederjacke im Krokofinish einen pinken Pullover an, auf dem ein blauer stilisierten Katzenkopf mit einer Punkfrisur abgebildet war, darunter stand in einer dynamischen Schwungschrift „Catpunk". Geschmacksache, dachte Hatterer und lächelte milde. „Wir sind eigentlich schon fast durch Eduard, aber schön, dass du es einrichten konntest! Was uns noch interessiert ist, wieviel man so als Influencer verdienen kann! „Tiara, überkreuzte ihre Beine und rutschte auf ihren Stuhl unruhig herum. Sie erklärte begeisternd das die erfolgreichste deutsche Instagramerin für einen Post über 20.000 Euro bekommt. Sie, die noch nicht ganz so erfolgreich ist, bekäme aber auch schon zwischen 5000 und 10000 Euro. Gersteg wurde immer kleiner, er bekam so um die 1500 Euro und das nur einmal im Monat, sagte er. Malefashion wird halt nicht so gut bezahlt wie die Lifestyle- Kosmetik und Woman Fashion Sachen von Frauen. „Okay das wars dann erst einmal, wir melden uns, wenn wir weitere Fragen an euch haben, speziell halt an Tiara. Hast du eigentlich einen Künstlernamen, Avatar oder so was Ähnliches im Netz?" „Yes, Taya Kamilahs!" „Oh!" Nachdem „Taya" und Eduard gegangen waren fragten sich die beiden Ermittler was sie an neuen Erkenntnissen gewonnen hatten. „Mit so einem Verdienst kann man Taya kein Tatmotiv unterstellen. Entweder ist da irgendein ein ganz Perverser oder ein kühlrechender Pragmatiker am Werk! "Was meinst du?" fragte Elsa.

169

„Komm wir fahren mal zu Walther Ziemann und fragen ihn einfach was für Geschäfte er mit Werner Großmeier gemacht hat und wie er zu Annemarie Rosenzweig steht." Ziemann hatte eine Adresse in Mainsondheim angegeben. Am Straßenrand in den engen Straßen von Albertshofen, steht ein Kleinbus eines Behindertentransportdienstes und versperrte kurzzeitig die Durchfahrt. Sie mussten anhalten und warten. Ein Mann schob eine Frau in einem Rollstuhl sitzend zum hinteren Teil des Buses. Mit einem Lift hievte er sie nach oben. Er bedankte sich winkend und nachdem die Gurte zum festzurren des Rollstuhls saßen, fuhr er weiter. Als sie dann bei Ziemann ankamen staunten sie über die großzügige Villa in schöner Panoramalage mit Blick auf den Main. Golfplatz und dem großen Anglersee gleich in der Nähe.

Kapitel 25 - Mainsondheim

Das Haus aus den 70iger Jahren versprüht einen zauberhaften Charme, der so gar nicht zu den Bewohnern zu passen scheint. Als sie gerade klingeln wollten, ging die Türe auf und Annamaria kam heraus und blieb wie versteinert stehen. Nach einigen Sekunden schien sie sich wieder gefangen zu haben. Sie verabschiedete sich scheinheilig mit: „Also Wiedersehen Herr Ziemann ich schaue mir ihre Aufstellung gleich heute Mittag an! Dann zu Elsa gewandt: „Hallo wie geht's dir? Ich muss!" Weg war sie. Sie stieg in einen pinken E-Smart ein und fuhr davon. „Hallo Herr Ziemann, ich hoffe wir stören nicht - haben sie ein paar Minuten Zeit für uns?""Für Sie, Gnädige Frau, habe ich immer Zeit!" Hatterer rollte die Augen. „Gerne zeige ich Ihnen vorher noch mein Haus, wenn sie möchten!""Warum nicht?" Vom Wohnbereich getrennt und durch einen 15 m langen Flur ging es zum Doppel-Schlafzimmer mit stylischen, freistehenden Badewannen in den Räumen. Die Zimmer nach vorne zum Main gerichtet, hatten alle einen Balkon. Im Erdgeschoss befindet sich der Eingang zum großzügigen Park mit Schwimmbad. Alles wird durch eine separate Küche mit Kamin, einem weiteren Badezimmer im Parterre ergänzt. Zum Untergeschoss gehören eine Bar und diverse Versorgungsräume. „Nicht schlecht! Wir sind gekommen, um sie zu fragen in was für einer Beziehung sie zu Werner Großmeier, seiner Frau Ines und seiner Haushälterin Renate Georgi standen!" Ziemann schluckte: „Setzen wir uns doch, möchten sie etwas trinken?" Ein bestimmtes „Nein!" kam über Hatterers Lippen. „Also mit Großmeier hatte ich geschäftlich zu tun, er schlachtete ja noch. War quasi der letzte Schlachtermeister in der Umgebung. Seine Frau war Alkoholikerin und ich hatte nicht viel mit ihr zu tun, und dass er eine Haushälterin hatte, ist mir völlig neu. Denken Sie, dass ich etwas mit dem Verschwinden der Frauen zu tun habe?" „Wir denken gar nichts, wir ermitteln nur und jetzt frage ich mich, wieso sie von Frauen sprechen, wo sie die Haushälterin doch gar nicht kannten?" Ziemann zuckte: „Da habe ich mich wohl versprochen!" Es klingelte. „Darf ich kurz?" „Bitteschön! Machen sie ruhig. Wir warten!" Elsa schaute sie interessiert um. Nach einigen Minuten kam Ziemann angekeucht. „Es war jemand vom Maschinenring. Ich muss mich jetzt darum kümmern!" Elsa gab ihm ihre Karte und fragte Ziemann, ob sie kurz die Toilette benutzen dürfte. „Kein Problem, gehen sie doch einfach gleich in diese hier!" Er machte ihr auf der gegenüberliegenden Seite des Ganges eine Türe auf. „Bitteschön, ich muss nach unten, kommen sie bitte mit Herr..., wie war doch gleich wieder ihr Name?" Mit gespielter Lockerheit sagte der Kriminalbeamte seinen Nachnamen. Elsa staunte nicht schlecht. Sie betrat ein prunkvolles Bad, vor ihr stand eine riesige Badewanne aus Marmor mitten im Badezimmer. Die Wasserhähne funkelten in Gold und an der mit Marmor verkleideten Wand hing ein riesiger Kristallspiegel. Sie setzte sich auf die schwarze Toilette aus Chinamarmor. Nachdem sie ihre Hände im schwarzen Hand-Waschbecken aus Terrazzo gewaschen hatte und

das Papierhandtuch in den dafür vorgesehenen Abfalleimer schmeißen wollte, sah sie etwas Goldenes darin
schimmern. Sie nahm es heraus und sah das es ein Ein-
wickelpapier der Marke „Nuss Nougat De Luxe" war.
Im Mazda MX-5 RF sagte sie dann zu Hatterer, dass er
den Staatsanwalt anrufen könnte. Sie bräuchten eine
Verfügung, dass Ziemann die Gegend nicht verlassen
dürfe.

„Ich glaube nicht mehr, das Großmeier der Mörder seiner Frau war. Ich glaube Ziemann und Annemarie haben da ihre Finger im Spiel! Der war doch total verun-
sichert und hatte Glück, dass der Typ vom Maschinenring gekommen ist. Mein geschiedener Mann ist ja
Großschlächter. Was meinst du, sollen wir mal hinfah-
ren und ihn fragen, ob er Großmeier gekannt hatte?
Außerdem habe ich im Abfalleimer des Bades ein Goldenes Einwickelpapierchen der Marke „Nuss Nougat
De Luxe" gefunden dasselbe wie bei der Hausdurchsuchung bei den Großmeiers. Das kann natürlich auch
nur Zufall sein." Hatterer schaute sie erstaunt an:
„Wenn du das schaffst, nochmal zu deinem Ex zu gehen. War je ein ziemlicher Rosenkrieg, so wie du es
erzählt hast damals! Aber ob das viel bringt. Mit der
Praline. Ich weiß nicht. Mach eine Aktennotiz." Beide
konnten natürlich nicht ahnen, dass Ziemann während
der Besichtigung, als beide auf dem Balkon standen
und die Aussicht auf den Main genossen, seinen Komplizen Kurt Hess eine WhatsApp schickte mit der kurzen Message „Plan M", was so viel bedeutete das er
sofort kommen sollte um sich als Mitarbeiter des

Maschinenrings auszugeben. Zu Hess gewandt, sagte er dann später, dass er die Beiden aus dem Weg räumen müsste.

„Gehen wir was essen oder kochst du was, es ist schon 18 Uhr. Indisch wäre nicht schlecht, da am Königsplatz hat es dir doch auch gut geschmeckt!"
Sie entschieden sich für eine Maharaja Tandoori Zusammenstellung aus verschiedenen Tandoori-Spezialitäten, serviert auf knackigem Gemüse. Auch der Pfirsichlassie den sie dazu tranken, schmeckte den Beiden sehr gut. Nach dem Essen machten sie noch einen Verdauungsspaziergang durch die Stadt, am Fastnachtmuseum und der neuen Fastnachtakademie vorbei, die erst vor wenigen Tagen eingeweiht wurde, gingen sie die Falterstraße hinauf bis zum Schiefen Turm. Durch die Rosenstraße, am neueröffneten ROXY Kino vorbei zurück zum Mazda der direkt neben dem Königsplatz geparkt war.
Beide merkten nicht das neugierige Augen sie verfolgten.
„Hast du am Roxy das Plakat gesehen? Griechischer Abend mit Ouzo Meze und Alexis Sorbas mit Antony Quinn, du weißt doch wie ich auf Griechisch stehe."
„Ich weiß! Vor allem stehst du auf griechischen Sex!"
Hatterer lachte dabei schelmisch, als er das sagte.
Über die Umleitung ging es zurück nach Kaltensondheim. Dort dann erstmal Panik, sie hatten keinen Hausschlüssel. Beide hatten sich auf den anderen verlassen oder einfach schlicht vergessen.

„Ich gehe zu den Schlerets, die haben ja zum Glück einen Ersatzschlüssel für das Haus!" Elsa schaute in die Ferne zur bedrohlich wirkenden Autobahnbrücke, die ohne Zweifel bei diesem Himmel sehr erhaben aussah.

Hatterer latschte durch seinen Garten zu seinen Nachbarn. Er wollte gerade klingeln als er den Chef des Hauses laut schreien hörte: „Ich habe dir immer gesagt, du sollst die Heizung bei ihm im Zimmer nicht so weit aufdrehen!"

Dann seine Frau, die etwas naiv war: „Meinst du, deshalb ist er schwul geworden!"

Es drehte sich wohl um das Coming-out ihres 20-jährigen Sohnes, der schon zwei Jahre nicht mehr bei seinen Eltern wohnte und der wohl seinen Freund heiraten wollte. Hatterer meinte herauszuhören, dass es Schleret wohl nicht ernst meinte mit dem Spruch und seine Frau wieder einmal ein wenig auf die Schippe nahm.

Jetzt klingelte er doch: „Hallo ihr zwei, darf ich mal kurz stören? Ich bräuchte mal meinen Schlüssel fürs Haus. Wir haben beide unsere vergessen!"

„Was seid denn ihr für Schusseln? Augenblick!" Schleret nahm von dem Schlüsselbrett neben der Eingangstür den Ersatzschlüssel. „Hier bitte!"

Hatterer bedankte sich höflich, wie es so seine Art war und lief zurück über den Kiesweg zum Haus.

„Elsa, wo steckst du, ich habe den Schlüssel!"

Die Türe des Mazda stand offen. Hatterer drehte sich um und sah nur noch, wie etwas auf ihm zukam. Dann spürte er nichts mehr und fiel in den Kies.

Als am Mittwochmorgen Polizeipräsidentin Susanna Porzuck die Zeitung aufschlug und sich bis zu den Lokalnachrichten durchgeblättert hatte, fiel ihr beinahe das Marmeladencroissant, das ihr Mann liebevoll für sie bestrichen hatte, aus der Hand.

„Das kann doch wohl nicht wahr sein, schau dir das mal an Otto. Da hat doch glatt der Fotograf, der gestern den Kopf einer Leiche entdeckt hatte, das Bild an die Zeitung weitergegeben. Na, die können sich freuen. Das übergebe ich gleich der Staatsanwaltschaft."

Sie druckte eine Kurzwahltaste auf ihrem Smartphone: „Wohleb hier!" „Ja hier Porzuck, haben sie das Bild des Leichenfundes vom Friedrichsberg in der Zeitung gesehen?" „Nein, aber ich schau gleich und ruf zurück!"

Die Polizeichefin trank hastig ihren Kaffee und schüttete sich dabei ihre Bluse ein wenig voll.

„Scheiße", sie wählte die Nummer von Elsa Menzel, kein Signal wie auch bei Arne Hatterer nicht.

„Was ist jetzt da los, liegen die noch im Bett beim Vögeln!"

Otto hatte derweil den Tisch abgeräumt und ist auf den kleinen Küchenbalkon mit Blick auf die Löwenbrücke gegangen und hat sich eine Zigarette angesteckt. Bei den Wutausbrüchen seiner Gemahlin zog er es vor nicht in ihrer Nähe zu verweilen.

Sie rief bei Franz Heil an.

„Verdienen sie sich ihren Rückruf - Erzählen sie einen schweinischen Witz!" Dabei lachte Heil herzhaft. Er hat die Frau noch nie leiden können.

Ja ist denn die ganze Welt verrückt geworden. Sie konnte nicht ahnen, dass Heil seit heute im Ruhestand ist.

Der Staatsanwalt rief zurück. „Das Bild ist in allen seriösen und unseriösen Medien veröffentlicht worden. Bei manchen verpixelt bei anderen wieder nicht. Gegen Biff Kraenson, dem Fotografen, wird umgehend ein Ermittlungsverfahren eingeleitet. Stimmt es das wir nach einem Massenmörder suchen, so wie es in der Zeitung steht?"

Susanna Porzuck war ratlos.

„Ich kenne den neuesten Ermittlungsstand nicht, die beiden Ermittler erreiche ich auch nicht. Die Sache hat eine Eigendynamik angenommen, die mir überhaupt nicht gefällt."

Landschaftsfotograf Kraenson bekam noch am Vormittag Besuch von der Polizei. Er musste mit aufs Revier in die Frankfurter Straße nach Würzburg kommen. Ein bekannter Unfallfotograf, den er am gestrigen Nachmittag noch verständigt hatte, nahm die Sache in die Hand. Er setzte einen Vertrag auf in dem Kraenson 10000.- Euro Honorar zugesichert wurden. Außerdem die etwaigen Kosten für Anwälte und Strafen durch die Rechtsschutzversicherung des Unfallfotografen.

Nachdem Kraenson glaubhaft versichern konnte, dass nicht er der Verteiler des Bildes war, sondern der Unfallfotograf, konnte er wieder gehen.

„Fahrt ihr mich jetzt wieder nach Wiesentheid, oder wie komme ich jetzt nach Hause?"

177

Der Beamte lachte und gab ihm einen Blankofahr-schein der Deutschen Bahn und sagte auf Wiedersehen Herr Kraenson. „Gilt der Schein auch für die Straßen-bahn und für den Bus von Kitzingen nach Wiesentheid?"

Die Beamten kümmerten sich nicht mehr um ihn. Er ging mit den Worten: „Dann eben nicht!", zur Türe hinaus und stolperte wütend die Treppe hinunter.

Porzuck war im Präsidium angekommen, sie hatte unterwegs abermals versucht Menzel und Hatterer zu erreichen was ihr aber nicht gelang. Sie bestellte ihren Dienstwagen und ließ sich im i8 mit Blaulicht nach Kaltensondheim fahren.

Als sie ankamen stand der Mazda von Elsa auf dem Kiesweg und der Focus von Hatterer in einem Carport neben dem Haus.

Porzuck ging langsam auf das Haus zu und wollte gerade klingeln, als ihr etwas Seltsames auffiel.

„Langsam, hier stimmt etwas nicht, rufen sie sofort die SpuSi an!"

Auf dem Boden vor dem rechten Vorderreifen lang eine aufgerissene Handtasche.

„Nichts anrühren und mit Absperrband unzugänglich machen. Bleiben sie bitte hier und warten sie auf die SpuSi!", sagte sie zu den beiden Beamten des begleitenden Streifenwagens.

„Mayer, wir fahren jetzt direkt zur Kitzinger Wache!"
„Machen wir!"

Im Radio hörte sie, dass die Internetriesen jetzt doch nicht besteuert werden sollen. Finanzminister kleinerer EU-Staaten hätten ihr Veto eingelegt.

„Da wurde doch wieder einmal ordentlich geschmiert. Der Teufel soll sie holen!"

Auf der Wache dann ebenfalls keine Spur von den beiden Beamten.

Im Büro keine Hinweise, wo sie sein könnte. Nur ein Protokoll mit der Aussage von Tiara Großmeier und Eduard Gersteg.

„Rufen sie doch bitte mal bei den Beiden an." Sagte Porzuck zu Mayer.

„Haben sie eine Nummer?"

„Das kann jetzt nicht ihr Ernst sein. So schwer kann das doch jetzt nicht sein, die Nummer von Gersteg rauszubekommen. Der war doch auch mal einer von uns!"

Zur gleichen Zeit bekam Annemarie einen Anruf vom toxischen Ziemann. „Kurt hat die beiden im Schlachthaus untergebracht. Was machen wir jetzt mit denen?"

„Haben sie Kurt erkannt?"

„Er sagt nein!" „Dann soll er sie gut verschnüren und wir können uns davon machen, wie du es geplant hast, oder hast du einen neuen Vorschlag? Willst du sie umbringen. Dann jagen sie uns auf der ganzen Welt und irgendwann bekommen sie uns!"

„Okay!", sagte Ziemann, „dann sage ich das zu Kurt. Wir müssen schauen, dass wir wegkommen. Ich habe online drei Oneway Tickets von Amsterdam nach Curaçao gebucht. Wenn ihr dann soweit seid, können wir losfahren. Sag Bescheid und nimm die Kohle mit." Der Flug geht um 20 Uhr von Schipol ab. Hast du den Scheißbericht in der Zeitung gelesen?"

„Ja habe ich, Geld muss ich noch den letzten Teil abholen, aber das ist kein Ding - ich habe gestern schon beim Bankhaus in Würzburg-Heidingsfeld Bescheid gesagt. Das holen wir bei der Fahrt Richtung Abflug ab. Kurz von der Autobahn runter. Das dauert maximal 20 Minuten."

„Hier Mayer, Polizeipräsidium Unterfranken. Bin ich mit Herrn Gersteg verbunden?"
„Ja, mit was kann ich dienen?"
„Sie waren doch gestern bei den Ermittlern Hatterer und Menzel?"
„Ja!"
„Haben sie irgendwas mitbekommen, wo die gestern oder heute hinwollten. Beide sind unauffindbar verschwunden! Oder haben sie eine Vermutung?"
„Ich habe nur beim Hinausgehen gehört, dass sie sich das Schlachthaus in Repperndorf nochmal anschauen wollen und den Ziemann wollten sie noch einen Besuch abstatten!"
„Danke das hat uns sehr geholfen!"
„Sagen sie, ist den Beiden etwas zugestoßen!"
„Darüber kann ich keine Auskunft geben!"
Gersteg kam ins Grübeln. Plötzlich wusste er was er zu tun hatte. Er ging aus dem Haus und schaute, wo er seinen e-Ampera gestern abgestellt hatte. Der Stecker war noch in der Ladestation. Karte raus, zahlen. Dann weiter von Etwashausen nach Repperndorf.
Als er dort ankam sah er wie ein schwarzer großer BMW wegfuhr, die Autonummer konnte er nicht mehr erkennen.

Er versuchte ins Haus zu gelangen, nachdem auf sein Klingeln niemand reagierte. Dann fuhr erneut ein Auto vor. Gersteg versteckte sich hinter dem Gartenhaus. Ein Mann ging ins Haus.

„Was kann das bedeuten?", dachte er sich. In einiger Entfernung sah er eine Frau und einen Jungen, die anscheinend Prospekte austrugen.

Kapitel 26 - Auf der Flucht

Mayer ging zu Porzuck ins Büro. Mittlerweile waren noch weitere Beamte aus Würzburg zum Briefing eingetroffen.

„Was gibt's Mayer. Konnten sie jemand erreichen?"

„Gersteg hat gemeint das die beiden gestern noch zu Ziemann und…"

Weiter kam er nicht. Porzuck hatte verstanden.

„Rufen sie das SEK, wir gehen da mit äußerster Vorsicht vor. Sie sollen direkt nach Mainsondheim kommen, und zwar auf den Parkplatz am Golfplatz." Eine Stimme sagte laut, dass sie in 25 Minuten da wären.

„Gut! Wir machen das so!"

Annemarie machte Kurt Hess die Türe auf, nach 20 Minuten kam auch Ziemann angekeucht. Da vorne wimmelt es von Bullen, wir müssen über die Fähre verschwinden! Haben wir alles?"

Sie gingen aus dem Haus und fuhren mit dem Leihauto, einem großen schwarzen BMW, bis zur Fähre vor, die nur wenige hundert Meter von Ziemanns Haus über den Main führt. Im Spiegel sah Ziemann, wie zwei schwarze Vans vor seinem Haus hielten. Da rollte aber ihr Fahrzeug schon den kleinen gepflasterten Abhang hinunter auf die Mainfähre „Hertha".

„Drei Erwachsene und das Auto!"

„95 Cent bitte!"

Als Hatterer wieder wach wurde, sieht er voller Schrecken, dass Elsa auf dem Boden liegt. Ihr Kopf in einer großen Blutlache.

Er schrie laut um „Hilfe!"

Seine Hände waren an einem Heizkörper mit dicken Kabelbindern fixiert. Auch seine Füße wurden von Kabelbindern gefesselt. Er hatte Druck auf seiner Blase und pinkelte nach einer Weile in die Hose.

Elsas Füße waren an einem Alu-Tischbein des großen Schlachtertisches, ebenfalls mit Kabelbinder gefesselt, auch ihre Hände waren zusammengebunden.

Es war ziemlich düster im Schlachtraum und kalt. Hatterer bekam eine Gänsehaut, als er die vielen Messer an einer Magnettafel hängen sah. In einem großen, hölzernen Hackstock war ein Beil hineingeschlagen. Furchtbare Gedanken schossen ihm durch den Kopf.

Mit einer Ramme öffneten die Männer vom SEK die schwere Außentür. Der Einsatz läuft immer nach einem festgelegten Muster mit großer Sicherheit für die Beamten ab. SEKler sind routinierte Polizisten. Man kann nicht "auf die Schnelle" SEKler werden. Bei den im Auswahlverfahren geforderten physischen Leistungen handelt es sich um Mindestanforderungen, die ein SEKler erbringen muss.

Nach einer halben Stunde wurde der Einsatz mit der Meldung abgebrochen „Alles sicher, das Haus ist leer!"

„Zum Kotzen, rufen sie die SpuSi an Mayer!"

In dem Moment kam auch Leo Wohleb mit seinem Porsche angebraust.

„Ausgeflogen!"

„Haben sie schon die Fahndung ausgelöst?"

„Noch nicht, machen wir aber gleich! Mayer, sie haben es gehört!"

Eine Stunde vorher: Gersteg öffnete die Gartentüre, nachdem der Mann den kleinen orangenen Rucksack, mit der Aufschrift „Maschinenring Mainfranken", über seine linke Schulter hängte und verschwand.
Durch die obere Türe kam Gersteg nicht. Sicherheitsschloss mit Panzerriegelschloss. Er versuchte es dann durch die Garagentore, aber ebenfalls ohne Erfolg.
Ein kleiner Junge kam vorbei und steckte in den Briefkasten einen Stapel Werbung.
Ein Auto fuhr weg.
„Wollen sie da rein?" rief er Gersteg zu als er diesen beim Rausgehen sah.
„Ja, kennst du dich denn da aus?" „Natürlich, wir tragen ja schließlich jede Woche die Werbung aus."
„Aber hier wohnt doch schon wochenlang niemand mehr!"
„Die Werbung ist aber immer fort!"
„Also, wie komme ich jetzt da rein?"
„Ich habe der Frau Großmeier mal geholfen, als sie ihren Schlüssel verloren hatte. Ich bin dann durch den Lichtschacht da vorne eingestiegen!"
„Könntest du das nochmal machen?" flehte Gersteg.
„Frau Großmeier hat mir damals 10 Euro gegeben!"
Gersteg schüttelte mit dem Kopf und machte seine Geldbörse auf.
„Komm mal her! Hier bitte! Du bist ja ganz schön geschäftstüchtig!"
„Danke!"

184

Die Augen von Maximilian strahlten. Dann machte er sich daran das Gitter des Lichtschachts herauszuheben. Er kniete sich hin und rüttelte am Fenster, das sich aber nicht bewegte.

„Soll ich die Scheibe eintreten? Ich komme so nicht rein!"

Stille, Gersteg war auf die andere Hausseite gelaufen. Dann hörte Maximilian einen leisen Hilferuf.

Er trat die Scheibe ein und öffnete dann das Fenster. Beim Hineinrutschen in den Keller schnitt er sich in einen Finger. Aber er war drin. Dann rief er so laut er konnte „Hallo!"

„Hier sind wir! Im Schlachtraum!"

Der Kleine kannte den Weg und er kannte auch die beiden Polizisten. „Hallo, du bist doch der Maximilian aus Buchbrunn. Was machst du hier? Nimm dort ein großes Messer und schneide meine Hände los."

„Ich trage doch auch in Repperndorf die Anzeigenblätter aus und da fragte mich ein Mann, ob ich hier reinkomme. Den habe ich ganz vergessen."

Er rannte zur Türe und die Treppe hinauf zur Eingangstüre.

„Heh, bleib hier und schneide mir erst die Fesseln auf!"

Der Kleine war weg. Elsa, vom Geschrei geweckt, wachte langsam auf. Sie hatte noch den Duft des Chloroforms in der Nase mit dem sie narkotisiert wurde und sie hatte Kopfweh.

„Was ist denn los?"

„Wir wurden gekidnappt!"

„Was?"

Erst jetzt merkte Elsa, dass ihr Kopf eine Platzwunde an der Stirn hatte und um ihr herum alles voller Blut war. Sie hatte sich ebenfalls eingenässt.

Im selben Moment kam Gersteg mit Maximilian zur Tür herein. Er roch eine Mischung aus Schweiß, Urin und Blut und hielt sich seine Nase zu.

„Mein Gott, was ist mit euch passiert."

„Eduard, mach uns bitte erst einmal los - die Scheiß Kabelbinder schneiden sowas von ein. Der Kleine blutet ja auch."

Gersteg, schaute sich um, sein Blick fiel auf das Messerbrett, dann hantierte er mit einem Ausbeinmesser herum und nach einigen hin und her waren Elsa und Arne frei.

"Du kannst dich anstellen!", schimpfte Elsa.

„Hallo Maxi, was machst du denn da?"

„Ich habe euch gerettet!"

„Ja der Kleine ist durch den Lichtschacht im vorderen Keller eingestiegen, dabei muss er sich wohl am Finger geschnitten haben!"

„Weiß deine Mutti, wo du bist!"

„Ich ruf sie gleich an!" sagte der aufmerksam um sich blickende Maximilian.

Dann kamen auch schon zwei Sanitäter die Treppe heruntergestürzt.

„Können sie laufen?"

„Ja, ich brauch nur ein Pflaster auf der Stirn!"

„Das werden wir uns erst einmal im RTW anschauen."

Es war noch Vormittag und die Sonne schien, als Elsa von den zwei Sanitätern gestützt, die Augen zusammenkneifend, ans Tageslicht kam. Es war ein schöner

Vorfrühlingstag. Am Nachbarhaus strahlte der Blumenschmuck an den Fenstern.

Maximilians Mutter rief bei ihrem Maxi an, als dieser an der Hand von Eduard Gersteg die Treppe hoch gelaufen kam und fragte sorgenvoll, wo er denn sei.

„Mutti ich habe den beiden Polizisten das Leben gerettet!" „Mein kleiner Held!"

Der Notarzt sagte zu Elsa, dass er doch drei Stiche machen müsste.

„Können sie das hier im RTW machen?"

„Wenn sie tapfer sind!"

„Bitte fangen sie an."

„Wie lange waren sie denn gefangen, sie riechen beide ein bisschen streng."

Er reichte Elsa einen Spiegel und meinte, dass sie jetzt nach Kaltensondheim heimgefahren werden damit sie sich frisch machen könnten und auch um die versiffte Kleidung zu wechseln.

Über einen Betonweg ging es dorthin zurück, wo sie vor knapp 17 Stunden entführt wurden.

Im Radio wurde ein EU-Politiker zitiert: "Die Briten haben vor zwei Jahren einen Antrag auf Austritt gestellt, ohne zu wissen, was sie wollen. Es war ein abgekartetes Spiel einiger Superreichen. Die Bevölkerung wurde getäuscht." Anscheinend ist auch die zweite Abstimmung im Unterhaus in die Hose gegangen.

Sie waren erstaunt über das Absperrband ihrer Kollegen.

„Ich kann mich nur noch daran erinnern, dass ich etwas auf die Nase gedrückt bekam und dann ziemlich schnell Sternchen sah!", jammerte Elsa.

„Las mal eine Wanne ein! Wir stinken wie die Iltisse! Ich habe mir auch in die Hose gepisst."

Sie zogen sich aus. Elsa sortierte die Klamotten kurz durch und schmiss die erste Ladung in die Waschmaschine, während Hatterer mit einem lauten „AAAH!", in das nach Lavendel duftende heiße Badewasser glitt.

„Komme auch gleich!", rief Elsa, „steck nur noch die Handys an!"

Dabei sah sie, dass Susanna Porzuck ein paarmal angerufen hatte. Egal, jetzt geht's erstmal ins wohlriechende Badewasser.

„Porzuck, hat ein paarmal angerufen und auch andere Anrufe sind auf den Handys!"

„Egal jetzt! Komm, ich seife dich ein!" Es gefiel Elsa, mit welcher Inbrunst Hatterer sie einseifte. Sie machte dann dasselbe bei ihm.

„Du, ich habe immer noch ein bisschen Kopfweh! Es ist schon dreizehn Uhr vorbei, wollen wir dann noch was essen? In Sommerhausen vielleicht?"

Fast zur gleichen Zeit fuhr Ziemann in der Nähe von Limburg an der Lahn auf einen Parkplatz. Ziemann war ein Soziopath, das wusste Kurt Hess nur zu gut. Drum war er auf der Hut als Ziemann sagte: „Kurt, komm wir gehen pinkeln."

Auch Annemarie ahnte, was jetzt kommt.

Den Schalldämpfer hatte Ziemann immer auf seiner Glock 9mm, so auch jetzt.

„Komm, lasse uns ein wenig abseits hinter die Böschung gehen."

„Da ist doch alles vollgeschissen!"

„Komm, jetzt stell dich nicht so an!"

Hatterer steuerte den Fokus über Erlach nach Sommerhausen und dort zu einem Gasthof direkt am Main. Sie bestellten alkoholfreies Weizen und Rinderroulade mit Soße, Klos und Wirsinggemüse. Sie waren ausgehungert, drum ließen sie sich vor dem Hauptgang von der freundlichen Bedienung noch ein leckeres Mostsüppchen servieren.

Elsa rief bei Porzuck an.

„Endlich, sagen sie mal wo haben sie denn gesteckt? Ziemann und Rosenzweig sind uns entwischt. Wir wissen gar nichts. Das sind ganz raffinierte Gauner!"

Elsa hielt ihr Smartphone ein Stück vom Ohr weg, sodass sie den letzten Satz der Polizeichefin nicht mehr hören konnte.

„Also, so wie es aussieht haben uns die beiden Gangster entführt - es kann sein, dass die auch zu dritt sind. Jedenfalls hat das der kleine Maximilian gesagt, dass da immer noch ein dritter Mann bei dem Pärchen Ziemann, Rosenzweig dabei war. Aber hat sich das noch nicht bis zu Ihnen herum gesprochen das uns Gersteg befreit hat? Ihre Truppe war anscheinend nicht in der Lage dazu!"

Jetzt war Elsa am Zug und sie nützte die Gelegenheit.

„Notarzt und Presse war natürlich auch vor Ort. Sie werden es morgen früh sicherlich lesen können. Eine Scheiße ist das, sie haben gar nicht versucht uns zu finden. Über Handyortung wäre das sicherlich kein Problem gewesen. Ziemann ist schlau, er ging davon aus das wir nur zu zweit ermitteln und deshalb setzte er uns fest, damit er in Ruhe seine Flucht durchführen konnte. Wo sind sie gerade?"

„Na wo werde ich wohl sein? Im Präsidium. Ich muss in einer Stunde eine Pressekonferenz durchführen! Schön, dass ich das jetzt auch schon erfahre, dass sie entführt wurden."

„Wir fahren nach dem Essen nach Mainsondheim und schauen uns nochmal in der Villa um!"

Elsa beendete das Gespräch, die Rouladen waren im Anmarsch.

„Mahlzeit!"

„Immer noch Kopfschmerzen? Du siehst lustig aus mit der geflickten Stirn."

„Geht schon ich habe vorhin zwei Tabletten genommen! Ess, sonst wird's kalt. Schmeckt lecker."

„Ja sehr lecker sogar! Kannst du dann fahren? Dann gönne ich mir noch einen Verdauungswilli."

Micele Piazolo, Max Steinegger und ein dritter Mann, den sie nicht kannten, verließen gerade die Villa als sie ankamen.

Hatterer war dann doch selbst gefahren - mit dem Blaulicht auf dem Dach und der Sirene fuhren sie nach Randersacker auf die Autobahn bis zur Ausfahrt Kitzingen/Schwarzach und weiter dann nach Kitzingen-

Schwarzach, dann weiter durch den Klosterforst nach Mainsondheim. Über Funk gaben sie durch, was sie vorhatten.

„Die Verschollenen sind wieder aufgetaucht!" sagte Steinegger spöttisch, während aus dem Haus eine Frau herauskam, die anscheinend auch zur SpuSi gehörte.
Sie gab Elsa die Hand und stellte sich als Sandra Düx-Meierschön vor.

„Angenehm!"

„Wegen euch Flachpfeifen müssen wir jetzt noch nach Repperndorf fahren und dort das Haus untersuchen!"
Jetzt ging Hatterer der Gaul durch. Er packte Steinegger am Kragen: „Noch so eine blöde Bemerkung, und du kannst dein Essen nur noch püriert bestellen!"

„Komm Arne, lass gut sein, wir kennen ja den IQ von Steinegger". Jetzt war es Piazolo, der jemand zurückhalten musste.

„Ich habe mir Karten für das Kickers Spiel gegen Meppen für heute Abend gekauft!" schrie Steinegger den Beiden nach als diese bereits auf der Treppe hinauf zum Eingang waren.

Die beiden routinierten Ermittler gingen systematisch vor. Die meisten Spuren findet man immer am Schreibtisch. Es schien aber so, als hätte die SpuSi ganze Arbeit geleistet, denn nichts Auffälliges war mehr zu finden.
Hatterer ging in den ersten Stock und schaute sich im Schlafzimmer um. Im Schrank waren noch ein paar Kleidungsstücke. Er machte alle einzelnen Stücke durch und drehte alles dabei auf links.

191

Nichts.

In einer Abstellkammer hing der Parka, den Ziemann getragen hatte als sie ihn auf dem Acker bei Mainsondheim kennenlernten. Er war völlig verdreckt.

Hatterer tastete alles ab, drehte die Taschen auf links. Wieder nix. Dann fand er in einer kleinen Seitentasche am linken Ärmel einen selbstklebenden Haftstreifen, den die SpuSi wohl übersah, weil dieser an der Seite der Tasche festklebte.

Hatterer, der stets Handschuhe bei Durchsuchungen trug, hielt den transparenten Streifen mit einer Pinzette vorsichtig gegen das Fensterlicht.

Er konnte Curaçao oder so ähnlich entziffern. Er rief Elsa, die noch immer an Kopfschmerzen litt.

„Was könnte das heißen?"

„Curaçao, würde ich sagen!"

„Das ist doch das blaue Gesöff!"

„Oder die Insel in der Karibik!"

„Genau! Wohnen da nicht die Eltern des Fotografen vom Friedrichsberg?"

„Ja, das hat er gesagt!"

„Was kann das bedeuten? Das Stück Papier, das du da gefunden hast, sieht so aus als gehörte es mal zu einer Karte, Gutschein oder sowas ähnliches. Das sieht man an der Perforation."

„Meinst du, Kraenson hat der was mit den Gaunern zu tun!"

„Kann sein, glaube ich aber jetzt nicht, warte ich rufe ihn einmal an! Hast du noch was gefunden oder ist dir was aufgefallen?" fragte Hatterer, während er die Nummer des Fotografen in seinem Handy suchte.

„Ja, Hatterer hier. Kripo, wir haben uns bei dem Kopf der Leiche auf dem Friedrichsberg getroffen! Ich habe eine kurze Frage an Sie!"

Hatterer wusste, wie wichtig die richtigen Fragen zum richtigen Zeitpunkt waren.

„Kennen sie einen Walther Ziemann?"

„Wieso wollen sie das wissen?",

„Kennen sie ihn, ja oder nein?"

„Ja ich kenne ihn, er hat mir ab und zu einen Auftrag vermittelt oder auch selbst Aufträge erteilt. Er hat ja viele Jobs und ich fotografierte für ihn Paletten mit Düngemittel oder Agrarfolien nach den Sammlungen, die er mit Großmeier durchgeführt hat, oder wenn er einen Empfang gab oder neue Geräte des Maschinenrings."

„Okay, danke und haben sie mit ihn einmal über ihre Eltern gesprochen?"

„Da muss ich überlegen!"

Nach einer Weile sagte er dann: „Wenn ich Ihnen jetzt darüber Auskunft gebe, könnten sie sich dann im Gegenzug dafür einsetzen, dass mein Verfahren eingestellt wird?"

„Da kann ich ihnen nichts versprechen, aber ich werde es versuchen, das kann ich ihnen zusichern!"

Hatterer hatte das Gespräch auf laut gestellt. Elsa spitzte die Ohren. Sie hörten ein tiefes Durchschnaufen am anderen Ende der Leitung.

„Also gut, ich habe ihn von Curaçao vorgeschwärmt. Eigentlich wollte er mit der Annemarie und seinem Adlatus Kurt Hess in der nächsten Zeit dorthin fliegen.

Ich habe ihm empfohlen ab Schipol zu fliegen! En nu zeg ik niets meer!"
"Also Amsterdam!"
Kraenson hatte das Gespräch bereits beendet.
"Der fährt nach Amsterdem, wahrscheinlich mit einem geklauten Auto, ich glaube aber ehr mit einen Leihwagen. So blöd ist der nicht! Wir müssen im Präsidium bei der Einsatzleitung anrufen. Das die dann Interpol bzw. Die holländische Polizei um Amtshilfe ersuchen."
"Ich kenne die Abläufe, mir musst du das nicht erklären."
Hatterer rief an und gab alles durch was sie herausgefunden hatten.
Nun war es auch ein Fall für das BKA geworden. Die setzten sich mit der Nationale Politie in Verbindung, deren Chef, Cor van der Veen, sich persönlich darum kümmern wird.
Maarten den Baaker wollte gerade einchecken, als auf der großen, elektronischen Boarding Flugzeitentafel auf dem Amsterdamer Schipol Flughafen für den Flug nach Curacao hinter der geplanten Abflugzeit canceled aufleuchtete. Alle Flüge mit einer Boing 737 Max 8 wurden wegen des Flugzeugabsturzes in Addis Abeba gestrichen.
Scheiße, Maarten den Baaker ging zu einem Infoschalter der KLM und fragte nach, wann er und mit was für einer Maschine denn jetzt nach Curacao fliegen könnte.
Die freundliche Dame mit der schicken blauen Uniform am Info Schalter erklärte ihm, dass sich alles um

ca. eine Stunde verzögern könnte. Sein Gepäck kann er schon am Schalter 37 aufgeben.

Maarten den Baaker war beruhigt. Er gab den Koffer auf und wartete.

Nicht beruhigt waren hingegen Elsa und Hatterer. Sie wollten auf dem schnellsten Weg wieder nach Hause fahren. Es war keine gute Idee wie sich herausstellte das sie die Bahnunterführung in der Kaltensondheimer Straße nehmen wollten. Ein polnischer Kleintransporter hatte sich in der Höhe verschätzt und steckte fest.

Wenden und zur anderen Unterführung in der Sulzfelder Straße fahren. Was sich aber viele Autofahrer vor ihnen schon gedacht hatten, so dass es einige Zeit dauerte bis sie durch waren.

Kapitel 27 - In der Karibik

Mit etwas Verspätung um 21.15 Uhr konnte er einchecken und um 21.55 Uhr war er in der Luft.
Fast zur selben Zeit wurde durch einen bulgarischen Fernfahrer eine Leiche auf dem Parkplatz Welschehan in der Nähe von Limburg an der Lahn gefunden.
Die Autobahnpolizei ging von Raubmord aus, weil beim Toten keine Papiere gefunden wurden und ein Einschussloch im oberen Brustbereich vorlag.
Es dauerte über zwei Stunden, bis die Spurensicherung eintraf und den Fundort ordentlich ausleuchten konnte.
„Pass auf, hier liegt überall Scheiße rum!"

Um 4.30 Uhr Ortszeit landete der Flieger auf dem Internationalen Flughafen Hato auf Curacao.
Maarten den Baaker hatte nur wenig Zeit, in einer Stunde ging sein Anschluss Flug weiter mit der Divi Divi Air nach Bonaire. In einem Internetcafe am Flughafen setzte er eine Nachricht an das Polizeipräsidium in Würzburg ab.
„Im Kofferraum des schwarzen BMWs mit der Nummer HH-BH -2328 in der Tiefgarage von Travel-Parking in Amsterdam ist Annemarie Rosenzweig eingeschlossen. Beeilen sie sich."
Maarten den Baaker checkte ein, genoss im Flieger den ersten Cocktail und freute sich auf die Zeit in der Karibik. Auf blaues Wasser, bunte Fische und ein gechilltes Leben.

Cor van der Veen stürmte mit einem Einsatzkommando in die Tiefgarage von Travel-Parking. Es dauerte einige Zeit, bis sie den BMW gefunden hatten.

Ein Spezialist öffnete den Kofferraum und tatsächlich lag da, gut verschnürt, eine Frau. Sie war ohnmächtig und hatte nur noch sehr schwachen Puls. Der Notarzt legte ihr gleich eine Elektrolytlösung mit Sterofundin an und die Sanitäter brauchten nicht lange, um sie ins Krankenhaus zu fahren. In achtzehn Minuten waren sie mit der schwach atmenden Frau in dem zwanzig Kilometer entfernten University Medical Center. Cor van der Veen wusste, dass sie dort gut versorgt wird.

Es war sechs Uhr morgens als er die Nachricht über die Befreiung zum BKA weitergab. Um sieben Uhr wusste dann auch Susanna Porzuck Bescheid. Es war gerade halb acht, Elsa und Hatterer fuhren gerade am Tierheim vorbei ins Büro, als die Chefin die Nachricht an die Beiden weitergab. Die Umleitung wegen des Wasserrohrbruches war aufgehoben.

„Anscheinend haben sie Annemarie in einem Parkdeck in Amsterdam schwer verletzt gefunden. Von Ziemann und seinem Pseudo-Komplizen keine Spur."

Um 9 Uhr kam der erste Bericht der SpuSi. „In der Villa wurden Fingerabdrücke gefunden, die Ziemann und Rosenzweig zuzuordnen sind. Die vielen weiteren Spuren konnten noch niemand zugeordnet werden, beziehungsweise es dauert noch mit der Überprüfung."

Annemarie Rosenzweig wacht so langsam aus ihrer Bewusstlosigkeit auf. Ihr schmerzt der Rücken, die Beine und die Hände. Nach einer warmen Suppe, aus der Schnabeltasse, gings ihr sichtlich besser. Die Königinnensuppe heißt nicht nur so, sondern ist eine der bekanntesten und beliebtesten Suppen in den Niederlanden.

Ein Physiotherapeut kommt und macht mit ihr kleinere Übungen, um die Durchblutung wieder in Gang zu bringen. Sie war fast zwanzig Stunden im Kofferraum eingesperrt. Nach der Behandlung durch den Physiotherapeuten kamen eine Krankenschwester und eine Helferin. Sie stellten Annemarie auf ihre noch wackligen Füße, dann auf eine Saugmatte und zogen sie komplett aus, wuschen sie gründlich ab. Sie bekam ein Krankenhaus Nachthemd übergestreift und wurde in ins frisch bezogene Bett gelegt mit einer neuen Ampulle Sterofundin in der Vene.

Annemarie war froh, dass sie wieder im Bett lag. Sauerstoff brauchte sie keinen mehr.

Was war eigentlich passiert, sie kann sich nur bruchstückhaft daran erinnern.

Sie sah in der Erinnerung wie die Türe des BMWs auf ihrer Seite aufgerissen wurde. Dann bekam sie etwas auf die Nase gedrückt und von da an wusste sie nicht mehr viel. Als sie aufwachte, war es dunkel - sie war gefesselt und hatte Angst. Große Angst, sie hatte ein Pflaster auf dem Mund und sie musste Wasser lassen. Am schlimmsten war aber die Angst. Sie dachte, dass sie sterben würde. Irgendwann wurde sie ohnmächtig.

Wieso ist Ziemann ohne sie geflogen und wieso hat er Hess erschossen?

Wind und Regen peitschten gegen die großen Fenster.

„Sie haben sich gut erholt!"

Annemarie hat gar nicht gemerkt, dass jemand in ihr Zimmer gekommen war.

Es war Cor van der Veen und eine junge Beamtin aus seinem Team.

„Wir werden sie morgen nach Deutschland überstellen. In Holland liegt nichts gegen sie vor. In Deutschland sieht das aber anders aus. Darf ich Ihnen Doutzen Sneijders vorstellen, sie wird sie neu einkleiden und ein bisschen auf sie aufpasse. Niet om je weer te zien und freue sich das sie noch lebe. Maak het goed."

Doutzen Sneijders hatte eine große Umhängetasche voller Klamotten aus dem naheliegenden Second Hand Shop dabei und half Annemarie sich neu einzukleiden. „Ihre alten Klamotten haben wir weggeschmisse, sie riechten nicht mehr gut."

Die Beamten der Spurensicherung aus Limburg an der Lahn stellten fest, dass der Tote Walther Ziemann war und dass er sich unter Umständen selbst erschossen hatte. Jedenfalls hatte er Schmauchspuren an den Händen und die Glock lag ja auf dem Boden neben ihm.

Als die Würzburger Kollegen und das BKA den Bericht vorliegen hatten, ging das große Rätselraten los, was da passiert sein konnte.

„Jedes Pfund muss durch den Mund!", sagte Elsa lüstern als sie sich ein Stückchen Rahmkuchen einverleibte. Während Hatterer in der Fastenzeit nichts Süßes zu sich nahm, machte es Elsa nichts aus zur Kaffeezeit, am Nachmittag, ein Teilchen zu verschnabulieren. Sie war halt ein sinnlicher Mensch. Hatterer zog das Kurzzeitfasten vor und fühlte sich dabei sehr gut. Nur am späten Nachmittag und am Abend ließ die Konzentration bei ihm etwas nach. „Was meinst du Arne, wie lange werden wir noch an dem Fall arbeiten?" „Keine Ahnung, morgen wird ja Annemarie nach Würzburg überführt, erstaunlich wie schnell sie sich erholt hat. Nachher kommt ja noch Maximilian mit seiner Mutter, um auf Bildern Kurt Hess zu identifizieren. Was haben wir? Hat Großmeier seine Frau Ines und Renate Georgi umgebracht? Sieht ganz so aus. Wie müssen wir uns das vorstellen, das Schächten. Oder hat Ziemann alle drei umgebracht?"

Elsas Handy meldete sich. Es war Porzuck und teilte mit, dass Ziemann tot sei und dass es nicht auszuschließen ist, dass er Selbstmord gemacht hat. Ein ausführlicher Bericht würde folgen. Hatterer pfiff durch die Zähne. Ziemann tot. Annemarie in Gewahrsam, dann ist Hess in der Karibik.

Kurt Hess der mit gefälschten Papieren in der Karibik unter dem Namen Maarten den Baaker dem süßen Leben frönte, dachte darüber nach sich auf eine andere Insel abzusetzen. Bonaire war zwar sehr schön, aber zu klein. Irgendwann wird er auffallen, da war er sich sicher. Darum machte er sich jetzt Gedanken, wo er besser untertauchen könnte. Jamaika war ihm zu gefährlich und auch nach Venezuela wollte er nicht, solange Maduro noch an der Macht war. Er war jetzt erst den zweiten Tag auf der Insel und wollte sich keine größeren Gedanken machen. Am Morgen hatte er das Geld gezählt, es war eine Viertel Million Euro, wenn er sparsam lebte, konnte er lange davon leben. Er war unrasiert und wollte sich einen Bart wachsen lassen. Ziemann dachte immer, dass er ein einfältiger Typ sei, aber das war alles nur gespielt. Irgendwie hatte er es im Gespür, das bei ihm irgendwann was zu holen war.

In dem, von ihm, gemieteten Bungalow fühlte er sich wohl, er lag ziemlich einsam gelegen direkt am blauen Meer. Den schwarzen Rucksack, mit der orangenen Aufschrift Maschinenring Mainfranken in dem sich das Geld befand, steckte er in eine große Plastiktüte, verschloss alles sorgfältig und vergrub dann alles hinter dem Haus. Es war sehr mühsam mit dem kleinen Kinder-Sandschäufelchen.

Eidechsen sonnten sich im heißen Sand als er im Nordwesten der Insel in der Nähe des Washington-Nationalparks langsam ins Meer schlenderte. Im herrlich warmen, klaren Wasser schwamm er einige Meter.

Sein Häuschen ist von Agaven und Brasilholzbäumen, Akazien und Kalebassenbäumen gesäumt, aber auch Säulen-, Kugel- und Scheibenkakteen stehen überall herum. Es ist ein kleines Paradies, das er da herausgesucht hatte. Ziemanns Plan sah ursprünglich vor das sie eine Weile in Curacao bleiben würden, um sich dort einen Job zu suchen. Er wusste, dass die viertel Million zu dritt nicht reichen würde, um dauerhaft davon leben zu können. Ziemann wollte dann weiter nach

Montevideo reisen. Wahrscheinlich wollte er Hess deshalb auch auf dem Autobahnparkplatz aus dem Weg räumen. Hess hatte damit gerechnet und wollte Ziemann die Waffe abnehmen. Es entstand ein Gerangel, ein Schuss löste sich und Ziemann fiel um. In der Seitentasche seines Parkas steckte noch die Dose mit dem Chloroform, er schüttete es über sein Stofftaschentuch, spurtete zum Auto und drückte es dann der völlig überraschten Annemarie auf die Nase. Dann fesselte er sie mit Kabelbindern und schleppte sie in den Kofferraum und fuhr einfach weiter nach Amsterdam. Schockiert war er nur als er hörte, dass die Boing 737 Max 8 nicht fliegen wird. Er hatte schon im Autoradio davon gehört, dachte aber nicht, dass da in Amsterdam noch so ein Flugzeug steht. Es war der Augenblick, bei dem er sich nicht mehr sicher war ob das Unternehmen Karibik klappen würde.

Maximilien und seine Mutter kamen ins Büro und Hatterer zeigte die Bilder von Hess. „Ja das ist der Mann, den ich da öfters gesehen habe. Er war immer sehr nett - schenkte mir immer Gummibärli!"

„Dann ist das auch geklärt!" Maximilians Mutter brachte dann noch ein Anliegen vor. Sie fragte, ob Elsa oder Hatterer nicht bei der Zeitung anrufen könnten, um denen zu untersagen, dass sie weiterhin über Maxi berichten. Einmal reicht ja schließlich. Elsa regelte es auf ihre Art mit einem Anruf in der Lokalredaktion.

Annemarie wurde am übernächsten Tag von Amsterdam in den Margarete-Höppel-Platz 1, früher als Füchsleinstr. 15 bekannt, nach Würzburg verlegt. Der Krankenwagen brauchte acht Stunden. Dort wurde sie dann auch das erste Mal von Elsa und Hatterer vernommen. Wie sich herausstellte, wusste sie noch gar nichts vom Tode Ziemanns, sie dachte immer noch, Hess wäre zu Tode gekommen. „Walther ist tot?" jammerte sie vor sich hin. „Ja und jetzt haben wir ein paar Fragen an sie. Hat Großmeier Selbstmord begangen oder habt ihr ihn ermordet? Sie kennen ihre Rechte und können natürlich auch erst aussagen, wenn ein Anwalt dabei ist. Wenn sie sich keinen Anwalt leisten können, wird ein Pflichtverteidiger bestellt. In einer Woche kommen sie in Untersuchungshaft in Würzburg/Ost." „Ich möchte erst nach Rücksprache mit einem Anwalt aussagen." „Gut, wie sie wollen. Das wäre es erstmal alles."

„Wir brauchen die Passagierlisten des Flugzeugs mit dem Hess, wahrscheinlich unter falschen Namen und gefälschtem Pass, nach Curacao geflogen ist."

„Natürlich ist der unter falschen Namen geflogen. Macht doch auch Sinn. Wie sollen wir das rausbekommen?" „Jetzt warte doch erst einmal, bis wir die Passagierlisten haben!"

Zeitversetzt auf Bonaire machte Hess eine kleine Radtour mit einem Leihfahrrad zum Hafen. Dort lag ein großes Kreuzfahrtschiff vor Anker. Die Bars,

Gartenwirtschaften und Imbissstände waren überfüllt mit meist deutschen Touristen. Hess kam mit einigen von Ihnen ins Gespräch und erfuhr, dass einige von den Passagieren des Schiffes einen Katamaran Ausflug rüber an die Küste von Kolumbien gebucht hatten.

Er überlegte kurz, ob er da mitsegeln sollte, verwarf dann aber den Gedanken schnell wieder.

Er suchte sich ein sonniges Plätzchen und bestellte sich einen Margerita. Sie ist ein Cocktail auf der Basis von Tequila. Eine ursprüngliche Bezeichnung war Tequila Daisy.

"Und sie machen hier Urlaub?" fragte ein älterer Herr am Tisch, "ja mehr oder weniger, mal mehr und mal weniger." Sie kamen ins Gespräch, lachten, freuten sich des Lebens und tranken ein paar Margaritas.

Hess merkte das der Alkohol seine Wirkung nicht verfehlte. Der Mann zog sein Smartphone heraus und bittet einen Mitreisenden, ob dieser nicht ein Foto von ihm und dem Herrn hier machen könnte.

"Wie heißt du eigentlich?"

Kurt musste Lachen er war schon schwer betüttelt.

"Maarten den Baaker, eigentlich bin ich ja Holländer und du wie heißt du?"

"Mein Name ist Gottfried Wendehals!" Vor Lachen sprühte der gerade getrunkene Margerita in fein zerteilten Tröpfchen in zerstäubter Form wieder aus seinem Mund.

„Nein, mein richtiger Name ist Bernd Längenbach, komm lasse uns noch ein Foto machen."

Er rief den Kreuzfahrtfotografen der gerade vorbeilief, zu ihnen hin und sagte er solle mal ein paar ordentliche

Bilder von Ihnen machen. Anscheinend war Längenbach ein guter Kunde bei Bernd Kämpfer, denn dieser folgte ohne Umschweife den Anweisungen des angetrunkenen Längenbach.

„So Maarten, ich muss jetzt wieder an Bord, meine Alte wartet. Wir machen dann noch einen kleinen Ausflug in den Nationalpark."

„Servus, war schön dich kennengelernt zu haben!"

Kurt Hess wackelte mit seinem Rad zurück zum gemieteten Häuschen, machte aber unterwegs ein Päuschen und schlief im Schatten einer Palme ein.

Elsa und Hatterer machten Feierabend. Das Wetter war bescheiden. Es stürmte und regnete.

„Komm lasse uns was essen gehen!"

„Nö!" „Was Nö!"

„Du weißt doch, dass ich faste!"

„Oh man, du mit deinem scheiß Fasten!"

Hatterer nahm Elsa in die Arme und fing an sie zu küssen - er küsste sie liebevoll, zärtlich und dann doch immer leidenschaftlicher. Elsa streichelte liebevoll durch sein Haar und dann sanft unter seinem Hemd auch seinen Rücken. Er hob Elsa auf den Schreibtisch und langte ihr unter den Rock. Sie stöhnte auf. Für einen kurzen Moment hielt Arne inne und drehte seinen Kopf in Richtung Türe.

„Was ist los, alles okay?" Elsa erschrak.

Dann drehten sie sich beide um und sahen einen jungen Mann in der Türe stehen. Elsa war ziemlich erschrocken und löste sich von Arne, der wiederrum fragte, während er seinen Reißverschluss am Hosenladen zuzog, den Jüngling was er hier wolle.

„Entschuldigung, mein Name ist Yogi Weber, ich wollte sie jetzt nicht stören!", er lächelte verstohlen und trat von einem Bein auf das andere. Er war ungeduldig. „Morgen wird eine andere Sau durchs Dorf getrieben. Ich bin der Nachfolger von Franz Heil, sozusagen der neue Verbindungsbeamte."

Hatterer und Elsa mussten lachen.

„Alder, hast du uns erschreckt. Ein kleiner Poet ist an dir verloren gegangen. Oder soll ich Sie sagen? Aber Okay. Arne Hatterer!" und Hatterer gab ihm die Hand ebenfalls wie Elsa, „Elsa Menzel, auf gute Zusammenarbeit!"

„Du ist schon okay, ich bin ja erst 20 Jahre alt!"

„Jungspund!", entfuhr es Elsa. „Wo warst du vorher im Einsatz?", fragte Hatterer.

„PENIS", antwortete Yogi Weber, nach einer kurzen Weile. Hatterer und Elsa schauten verdutzt. Dann fügte er lächelnd hinzu: "Prostitution, Erpressung Narkotika, illegales Glückspiel, Schusswaffen!"

„Witzbold. Komm Arne, wir gehen - können Sie sich morgen früh um neun Uhr bei uns hier im Büro melden?"

„Wir waren schon beim Du!"

„Also, schönen Nachmittag noch Yogi!"

„Fährst du beim Asia Imbiss vorbei - ich nehme mir was mit, wenn es dich nicht stört. Zu Hause machen wir uns dann einen schönen Abend im Bettchen. Aber Yogi ist schon ein komischer Name!" Beide lachten.

Kaum waren sie in der warmen Wohnung, da wanderten auch schon ihre Hände unter sein T-Shirt. „Du machst mich ganz schön wahnsinnig!" stöhnte er. Sie lehnte sich an ihm an und küsste zärtlich seinen Hals. Dann zog er ihr langsam das Shirt, Pullover, Hose und die Unterwäsche aus und streichelte sie am ganzen Körper. Er sagte zu ihr, dass er sie sehr lieb hat und sie so schön sei.

„Alles an mir kribbelt, wenn du mich so berührst!"

Jetzt zog sie ihn aus und merkte seine starke Erektion. Arne küsste ihre Schultern und ihre Brustwarzen. Elsa stöhnte auf. Arne trug sie die Treppe hinauf ins Schlafzimmer. Dann küsste er ihren Bauch und seine Zunge leckte den Bauchnabel.

„Das tut gut, weiter so!"

Dann drehte Elsa den Spies um und setzte sich auf seinen Hintern und massierte seine kräftigen Schultern. Dabei sah sie seine Narbe. Ging hier der Schuss rein? Sie küsste die Stelle.

Dann drehte sich Arne Blitzschnell herum und Elsa spürte etwas Hartes, das dann auch gleich in ihr verschwand.

„Das war schön." Elsa legte ihren Kopf auf seinen Bauch und Arne streichelte über ihre Brüste.

Am nächsten Morgen machte Hatterer Frühstück, er hat jetzt achtzehn Stunden nichts gegessen. Er kochte drei Eier, schob Brot in den Toaster, stellte Käse und Marmelade auf den Tisch und auch das Wasser zum Brühen des Kaffees kochte bereits.

Er schenkte sich dann gleich ein Tässchen ein und ging hinaus zum Briefkasten, um die Zeitung zu holen. Von den Leichen war nichts mehr zu lesen. Brexit und die Niederlage der Bayern gegen Liverpool waren die herausragenden Themen.

Elsa kam die Treppe herunter und gab ihm einen Morgenkuss.

„Sieht ja lecker aus!"

Hatterer belegte sich zwei Scheiben Toastbrot und eine Scheibe Vollkornbrot. Dann rührte er sich noch einen Brei aus einem geriebenen Apfel, Magerquark, Leinöl, Haferkleie, Stevia und Jogurt an. Lecker. Wenn man es mag.

Elsa liebte es süßer und vor allem üppiger mit Hüttenkäse, Orangenkonfitüre und Honig.

Auf der Fahrt zur Dienststelle meinte Hatterer, dass ihm beim Rasieren eine Idee gekommen ist. „Wir sollten einen Steckbrief entwerfen, den wir dann nach Curacao und Amsterdam schicken!"

„Beim Rasieren. Du hast aber auch eine Gangster Visage!" lachte Elsa. „Das wäre doch was für unseren Yogi! Ich muss dann erst einmal zum Doktor und mir die Fäden ziehen lassen."

Tiara Großmeister war wieder nach Hamburg abgereist. Selten hatten die beiden Ermittler eine so teilnahmslose und irgendwie auch kalte Frau erlebt. Es schien so, als wäre ihr alles egal was mit ihren Eltern passiert ist.

Die Exhumierung mit anschließender kriminaltechnischer Untersuchung hatte ergeben, dass Großmeier keinen Suizid gemacht hatte, da war sich Herbert Kiesgruber sicher.

Also kamen nur Walther Ziemann, Kurt Hess oder Annemarie Rosenzweig in Frage. Ziemann war tot. Annemarie wollte nicht aussagen und Hess war verschwunden.

„Eigentlich könnten wir den Deckel drauf machen, wir werden nicht mehr viel ermitteln können!"
sagte Hatterer zu Elsa, als gerade Yogi Weber zur Tür hereinkam und der „seinen" Steckbrief zeigte.
Gut geworden. Es stand alles drauf was wichtig war. Dazu vier verschiedene Bilder von Hess - perfekt.
Wir lassen das jetzt vergrößern und schicken es nach Amsterdam und Curacao. Im Original auf Papier und als Datei.
„Kannst du Englisch Yogi?"
„Logo!"
„Dann setzt dich an den PC und schreib eine Nachricht an die Polizei in Amsterdam, an die dortige Flughafenverwaltung und an die Flughafenverwaltung in Curacao sowie die dortige Kriminalpolizei. Bei der Polizei in Amsterdam zu Händen von Cor van der Feen. Setz mal was auf und lasse es uns dann lesen. Das können deine ersten Fleißsternchen werden, wenn du dich anstrengst." Elsa und Hatterer gingen dann die Todeszeitpunkte der drei Verblichenen durch. Lange hat es mit den Untersuchungsergebnissen gedauert.
Zuerst starb Ines Großmeister, dann ungefähr nur einen Tag später Renate Georgi, und einen Monat später Werner Großmeister.
Yogi kam nach gut einer Stunde mit seinem Entwurf.
„Sieht gut aus. Text auf Rechtschreibfehler gecheckt?"
Yogi nickte schüchtern, „Okay! Dann abschicken.

Auch zum BKA und zum Polizeipräsidium nach Würzburg. Aber dahin erst, wenn du die ersten vier Aufträge verschickt hast." Hatterer wusste oder ahnte das die Verantwortlichen dort gleich wieder bedenken zu der Aktion äußern würden. Immer das Gleiche mit den Vorgesetzten.

Kapitel 28 - Das Spiel ist aus

Hoofinspecteuer Delcy Rodriquez schaute am Morgen in seinem E-Mail-Account und fand eine weitergeleitete Fahndungsmessage in Englisch von einem Polizeirevier in Deutschland. Nachdem er die Nachricht gecheckt hatte, zog er nach dem Frühstück die Datei auf einen USB-Stick und machte sich in Willemstad auf den Weg ins Büro. Unterwegs ging er in einem Copy Shop vorbei, der einen Vertrag mit der Polizeibehörde hatte. Die Polizei von Willemstad ließ dort alles kopieren und bezog auch sämtliche Büroartikel von dem Besitzer des Shops. Delcy bestellte zehn A2 Plakate. Der Betreiber des Shops solle sie ihm auf die Wache bringen, sobald sie fertig gedruckt sind.

Heute war wieder viel zu tun, einige Kreuzfahrtschiffe sind angemeldet, was immer viel Arbeit verspricht. Taschendiebe und anderes Gesindel versuchen dann auch immer etwas vom großen Tourismuskuchen abzubekommen. Rechtzeitig vor den ganzen Trubel kam der Mann vom Copy Shop und brachte die Plakate.

„Das ging ja mal fix. Schreibe es bitte auf die Rechnung!"

Delcy Rodriquez steuerte die Königin-Emma Pontonbrücke an die direkt im Zentrum von Willemstad die Stadtteile Punda und Otrabanda verbindet. Die Brücke, die keine feste Uferverbindung ist, wird sehr stark von den Kreuzfahrttouristen frequentiert. Die Brücke kann komplett von Otrabanda aus an das Ufer gedreht werden, um großen Schiffen die Durchfahrt in die St.-Anna-Bucht zu ermöglichen. Hier wird er vier Plakate aufhängen. Die restlichen wird er in der Wache, in Restaurants, am Fahrkartenschalter im Hafen im Einkaufszentrum Rif Fort Village und am runden Markt aufhängen. Delcy war ein gewissenhafter Beamter und wenn schon einmal ein Hilfeersuchen aus Deutschland kam, dann kümmerte er sich selbst darum. Schließlich wurde ein Mordverdächtiger gesucht.

Pensionist Bernd Längenbach freute sich auf den morgigen Landgang in Curacao und ging mit seiner Frau zum Kapitänsdinner in den schön geschmückten Speisesaal. Vor dem Eingang machten der Kapitän, sein leitender Ingenieur und noch einige Herrn und Damen der Führungscrew ihren Diener. Längenbachs Frau im tollen roten Chiffonkleid und teuren Schmuck behängt und er im Smoking wirkten ein bisschen overdressed. Ihre Reise, die der Höhepunkt ihrer goldenen Hochzeit, werden sollte, begann in New York. Über Bermuda und Puerto Rico, Domenica, St.Lucia, Tortuga und Bonaire waren sie seit vierzehn Tagen unterwegs. Letzte Station wird dann Curacao sein, wo er und seine Gattin noch zwei Tage verweilen werden, bevor es mit der KLM zurück nach Frankfurt geht.

Zum Dinner wurde nach dem Amuse gueule, eine Gelbschwanz Makrele japanischer Art gereicht, dann Winterkabeljau mit drei verschiedenen Blumenkohl Varianten, Entenbrust, für Rindfleischliebhaber gab es außerdem ein Beouf la Motte mit Gemüse. Käseplatte und süßes Dessert vervollständigten das aufwendige Essen. Nach dem Dinner ließen sich Längenbach und seine Gattin noch ein bisschen an Deck der Imperator off the Seas durchpusten. Der sternenklare Himmel und das schimmernde Wasser faszinierten beide jedes Mal aufs Neue. Sie freuten sich auf die Einfahrt in den Hafen von Willemstad mit den pastellfarbenen Häuser an der Waterfront. Amsterdam trifft auf Karibik. Diese Kombination ist dank der niederländischen Vergangenheit nirgendwo so deutlich zu erleben wie in Curaçaos Inselhauptstadt Willemstad.

Am Morgen im Büro bekamen Hatterer und Elsa einen erbosten Anruf ihrer Chefin. Was Ihnen einfiele, einen Steckbrief zu verschicken.

„Wie haben es doch nur gut gemeint und Yogi hatte gerade nichts zu tun. Ich finde, er hat es sehr gut gemacht!"

„Verdammt nochmal, wer ist denn jetzt Yogi schon wieder, Ich kenne nur einen Yogi aus der Zeichentrickserie Hucky und seine Freunde!"

Hatterer konnte es sich nicht verkneifen und in dem Moment, wo er es aussprach, wusste er auch schon das er wieder Minuspunkte bei der Alten gesammelt hatte.

„Yogi ist unser Art Direktor!"

Dann hängte er schnell ein und alle drei lachten.

Mittlerweile hingen die Plakate mit dem Konterfei von Kurt Hess mit der Aufschrift: Die Sonderkommission Missing fahndet gemeinsam mit dem Polizeipräsidium Würzburg nach dem mutmaßlichen Tatverdächtigen Kurt Hees. Er steht unter dem Verdacht mehrere Morde begangen zu haben. Der Täter ist bewaffnet. Wer kann Angaben zu dem Tatverdächtigen und seinem derzeitigen Aufenthaltsort machen? Wer kann sonstige sachdienliche Hinweise geben? Hinweise werden in begründeten Fällen vertraulich behandelt. Hinweise bitte an die Sonderkommision Missing in Kitzingen Telefon: Fax: E-Mail: Unten Bilder des Tatverdächtigen!!

In Frankfurt am Flughafen, in Amsterdam auf dem Flughafen, Curacao an vielen verschiedenen Stellen, hing nun das Fahnungsplakat.

„Die Hoffnung stirbt zuletzt!" Sagte Hatterer und Yogi fügte hinzu: „Die hellste Kerze auf der Torte brennt am schnellsten ab!" „Witzbold!"

Kurt Hess alias Maarten ten Baaker grub seinen schwarzen Rucksack mit dem Geld aus. Zog ihn aus dem Plastikbeutel und schnallte ihn sich um.

Er fuhr mit dem Leihrad, das er nicht zurückgeben wonnte, zum Flamingo Airport in Nähe der Stadt Kralendijk, sein Flug nach St.Maarten ging in einer Stunde. In einer Boutique kleidete er sich neu ein. Bermuda Shorts, T-Shirt, Hawaiihemd, neue Sandalen. Die alten Klamotten nahm er mit. "Man weiß ja nie, was kommt," dachte er. Dabei fühlte er sich nicht auf der Flucht. Aber Kurt Hess hatte ein untrügliches Gespür für Gefahr, die er förmlich witterte. Warum das so war, konnte er sich selber nicht erklären. Er machte einfach irgendwas und später bestätigte es sich, dass seine Handlung die Richtige war. Er ärgerte sich über sich selber, dass er sich gestern so voll gedröhnt hatte.

Sint Maarten gehört zu Holland und liegt auf dem südlichen Teil der Insel St.Martin, deren nördlicher Teil von Frankreich verwaltet wird. In der Hauptstadt Philippsburg ziehen Kopfsteinpflaster und farbenfrohe Kolonialbauten entlang der Front Street viele Kreuzfahrtschiffe an.

Der Plan von Hess war, in den französischen Teil der Insel zu wechseln und dann mit der Fähre weiter zur britisch verwalteten Insel Anguilla zu kommen.

Als Yogi die E-Mails abrief, waren zahlreiche Hinweise eingegangen. Der gesuchte Hess wurde in Iffezheim beim Pferdetraining, in Hannover in einem Nachtclub und in Utrecht an einer Autobahnraststätte gesehen.

„Ruf doch mal beim BKA in NRW an, ob die uns von der Raststätte in Utrecht ein Video von der Überwachungskamera schicken können."

„Heute ist Freitag haben sie gesagt, sie würden es am Montag angehen!"

„Na toll!"

„Kommt ihr mit, ich gebe zu meinem Einstand bei euch einen aus! Also Pizza und ein Getränk."

Seine beiden Vorgesetzten schauten sich fragend an, stimmten dann freudig zu. Hatterer wird wohl das Fasten brechen müssen.

Am nächsten Morgen pünktlich um acht Uhr Ortszeit legt die Imperator of the Seas am Pier entlang des De Rouvilleweg in Willemstad in Curacao an.

Während Bernd Längenbach und seine Frau Gisela sich am Frühstücksbuffet noch den Bauch vollschlagen, gehen viele Gäste des Schiffes und Mitarbeiter bereits an Land. Unter Ihnen auch der Bordfotograf Bernd Kämpfer. Jetzt am Ende der Kreuzfahrt braucht er keine Bilder mehr machen. Die bekommt er nicht mehr verkauft. Alles im Allem war er mit dem Törn zufrieden und er hat ein gutes Geschäft gemacht. Er wird heute noch nach Miami fliegen, um dort in zwei Tagen mit einem anderen Schiff wieder in See zu stechen. Beim Verlassen der Königin-Emma Pontonbrücke fällt ihm eine Art Steckbrief auf. „Den Typen habe ich doch in Bonaire geknipst!" denkt er sich.

Dann fragt er einen Verkehrspolizisten, der nur wenige Meter entfernt den Verkehr regelt, wie man zu dem Polizeirevier gelangt, wo man Delcy Rodriquez antreffen kann.

Der schwergewichtige, farbige Mann ist in Hektik, er schwitzt und tut so als hätte er keine Zeit, dabei ist eigentlich fast kein Verkehr. Als er aber hört das Bernd Kämpfer Hinweise auf einen Mord geben kann geht es plötzlich. Höchstpersönlich geleitet er ihn auf das Revier, wo Kämpfer freundlich begrüßt wird.

Nach wenigen Minuten kommt Delcy Rodriquez, der gerade mit seiner Morgensitzung fertig geworden ist. Kämpfer erklärt ihm den Sachverhalt.

„Können sie uns das Bild, das sie gemacht haben als Datei zugänglich machen?"

Kämpfer packte seinen Laptop aus dem Rucksack, stöpselte eine kleine Festplatte an.

„Bonaire, hier sind die Bilder. Es ist eines der letzten Aufnahmen gewesen, die ich auf Bonaire gemacht hatte. Hier schauen sie, das ist der Mann. Links im

Bild. Hier habe ich noch eins. Geben sie mir einen USB-Stick, dann schiebe ich sie Ihnen rüber!"

Delcy schrie ziemlich laut. „Einen USB-Stick bitte!"

„Wieso haben sie dieses Bild gemacht?"

Kämpfer lachte: „Die Beiden haben wohl zu viel Margaritas getankt, der Ältere von den Beiden ist Schiffspassagier auf dem Imperator gewesen, anscheinend haben sie sich dort in der Hafenkneipe erst kennengelernt! Ich bin der Schiffsfotograf und der Mann, Längenbach heißt er glaube ich, war auf dem Törn mein bester Kunde, bat mich das Bild zu machen, als ich an der Straßenbar vorbei ging, um auf das Schiff zu gelangen."

„Okay, dann danke ich ihnen recht herzlich. Sind sie auch Deutscher?" „Nein Österreicher!"

Die Mail traf am Freitag am späten Nachnachmittag auf den Polizeicomputern ein.

Soko Missing vergnügte sich da schon beim Italiener mit Pizza, Lambrusco und Averna.

Selbst Hatterer, der eigentlich sein tägliches Kurzzeitfasten durchziehen wollte, ließ es sich schmecken.

Yogi fragte die Beiden ob sie ein Paar seien. Er täte sich leichter, wenn er das wüsste, wie er dran ist.

„Ja wir sind zusammen!", gähnte dann Elsa vor.

Dann erklang Love to Love me Baby auf Hatterers Smartphone. „Schläft denn die Alte nie! Was gibt's denn so Wichtiges, dass sie nach Feierabend anrufen müssen?"

„Hess wurde gesichtet, auf einer Insel in der Karibik!" schrie Polizeichefin Susanna Porzuck ins Telefon.

„Da gibt es viele Inseln, sollen wir dahinfliegen und ihn suchen!"

Yogi und Elsa schmunzelten.

„Verarschen kann ich mich selbst, Hatterer. Morgen früh um Punkt 9 Uhr bei euch im Büro besprechen wir, wie wir weiter vorgehen!"

„Jawohl!"

„Shoppen in Frankfurt können wir vergessen. Morgen früh neun Uhr, Lagebesprechung bei uns im Büro!"

„Bei uns, echt jetzt?"

„Nehme mal an, dass die Plakate von Yogi dazu geführt haben, dass irgendein Rastafari in der Karibik unseren Kameraden identifiziert hat."

„Ich muss dann los!" Yogi setzte seinen bunten Motorradhelm im Airmada Rudos Design auf. Ging an den Tresen und bezahlte das Essen und die Getränke.

Er kam zurück, klopfte dreimal auf die Tischplatte und wollte gerade tschüss sagen, als Elsa sich bedankte und ihn fragte, ob es zum Motorradfahren nicht noch zu kalt sei.

Seine kurze lapidare Antwort beschränkte sich auf: „Passt scho!"

Am nächsten Morgen betrat Polizeipräsidenten Susanna Porzuck mit einer Tüte voller Butterhörnli die Polizeiwache in Kitzingen. Im Schlepptau ein Beamter des LKA, Personenschützer Mayer und ihr Stellvertreter.

Hatterer war gerade damit beschäftigt die zweite Kanne Kaffee aufzubrühen, als die Herrschaften zur Tür hereinkamen.

„Guten Morgen zusammen! Ich habe ein paar Hörnli mitgebracht!", Hatterer rief von hinten, dass der Kaffee auch fertig ist. Yogi stellte die Tassen, die Milch und den Zucker auf den Tisch, er stellte sich vor, und dann konnte es auch schon mit dem Frühstück beginnen.

Mit vollem Mund eröffnete Porzuck das Briefing.
„Die Kollegen in Curacao und Bonaire können wegen Personalmangel nicht die Suche einleiten die nötig wäre, um Hess zu finden. Natürlich schauen sie sich um, aber eine gezielte Fahndung ist nicht möglich.
Zielfahnder haben wir im Moment auch nicht. Alle im Einsatz. Außerdem ist unser Präsidium zu klein für eine weitere Zuteilung. Ergo müssen wir uns selbst darum kümmern. Reisekosten für drei Personen sind bereits vom Staatssekretär des Inneren bewilligt. Die Holländer haben ebenfalls einer Amtshilfe vor Ort zugesagt. Schlafen können sie in der ersten Nacht in einer Polizeikaserne!" „Na subber!" entfuhr es Elsa.
„Sie bekommen dreitausend Euro Spielgeld und müssen aber darüber genau Buch führen. Sie können ja die neue Abrechnungsapp dafür verwenden."
Elsa, Hatterer und Yogi bekamen den Mund nicht mehr zu.
„Heißt das, wir fliegen in die Karibik zum Ermitteln?", fragte Elsa neugierig.
„Sie können sich bei ihrem Yogi bedanken, dank seines „Steckbriefes" haben wir erste Erkenntnisse darüber, wo Hess steckt. Natürlich kann es sein das er sich nicht mehr auf Bonaire aufhält und die Karibik ist

219

groß. Ich gebe ihnen drei Wochen. Wenn sie ihn dann nicht dingfest gemacht haben, gebe ich es an das LKA zurück. Ich hoffe, das ist auch in ihren Sinne Herr Perlinger!"

Der Mann vom LKA nickte ab und tunkte das Butterhörnchen in den Milchkaffee und züllte es genüsslich in seinen Rachen.

„Hier sind ihre Flugscheine, ihr Flug geht um 20.30 Uhr ab Amsterdam!"

„Wie bitte, heute schon?"

„Was haben sie gedacht, in zwei Wochen! Also viel Erfolg. Mayer, wir fahren."

„Direkt zum Golfclub!"

„Jaaa, direkt zum Golfclub!"

Nach einer Weile hatten sich die drei wieder gesammelt. Hatterer räumte das Kaffeegeschirr weg und spülte es auch gleich ab.

Elsa fragte Yogi, ob er das restliche Hörnli mitnehmen möchte. Mit dem Spültuch wischte Hatterer den schmutzigen den Tisch ab. Alles war voller Hörnleskrümel.

„Der Typ vom LKA hat ganz schön gsäut!"

Stühle zusammenstellen und fertig war der Lack.

„Bist du in einer Stunde bei uns in Kaltensondheim oder sollen wir dich irgendwo abholen?"

„Wenn ich mein Moped bei euch in die Garage stellen kann, komme ich gerne vorbei."

„Jetzt haben wir einen Anstandswauwau dabei, aber ein Quickie geht noch!"

Nach dem Duschen packen.

„Scheiße, ob mir der Badeanzug noch passt?"

„Nimm ihn einfach mit, wir haben keine Zeit!"

„Wir fahren nachher bei CurvyFit 66 in der Kaiserstraße vorbei, ich hole mir einen Neuen! Ich brauch da nicht lang."

„Du weist aber schon, dass wir nicht zum Baden dorthin fliegen!"

Um halb 12 war Elsa dann fertig. Yogi brauchte nicht nach Kaltensondheim, sie holten ihn in der Mainstockheimer Straße ab. Um kurz nach 12 waren sie, mit neuem Monokini, auf der Autobahn.

In Curacao hat auch Pensionist Bernd Längenbach den „Steckbrief" gesehen. Den Mann der darauf abgebildet ist aber nicht erkannt. Er hatte seine Brille nicht auf der Nase. Der Mann auf dem Plakat, saß derweil auf der Fähre im Terminal von Marigot und wartete das sie Richtung Anguilla ablegte. Die Überfahrt dauerte 30 Minuten und kostete 25 Dollar. Genervt hat ihn bei der Überfahrt eine Gruppe reiselustiger Frauen, die wohl alle die 50 schon überschritten hatten und zum Teil im Gesicht stark gebotoxt waren. Auf ihren Shirts stand The Traveling Bitch Club und sie hatten wohl schon die ersten Cocktails intus. Eine von Ihnen, die sich nach einigen Minuten, mit Tilda bei Hess vorstellte, ging ihm gewaltig auf die Drüsen. Sie quatschte ihn in einer Mischung aus deutsch, englisch, holländisch zu.

Die anderen Damen lachten und machten Fotos mit ihren Smartphones, als Tilda versuchte ihre Hand auf seine Schenkel zu legen. Dann bekam er einen Kuss auf die Wange. Hess, gegenüber Frauen ein ehr schüchterner Mensch, fühlte sich nicht wohl dabei. Gedanken haben bei ihm Vorrang vor Gefühle.

Tilda war eine gutaussehende dunkelhäutige Schönheit, die jüngste und schönste des Clubs der Traveling Bitches, an der aber das Alter auch schon ein wenig knabberte. Sie hatte ein hellrotes Strandkleid an, das an der einen Seite einen weiten Schlitz hatte, der bis zum Bauchansatz reichte. Hess schaute verstohlen hin und erschrak als er feststellte, dass Tilda kein Höschen anhatte.

Die taffe, leicht beschwipste Frau nahm dann die Hand von Hess und legte sie unter dem Jubel der anderen Girls, die auf der Insel vermutlich alle ein Date mit verschiedenen Loverboys haben, auf die Innenseite ihres rechten Oberschenkels. Hess errötete, die Fähre war da und Tilda gab ihm einen leidenschaftlichen Abschiedskuss, der nach Minze und Rum schmeckte.

Er musste einen Augenblick sitzenbleiben und durchschnaufen, sowas war er nicht gewöhnt und auch noch nicht erlebt.

Hess stammte ursprünglich aus einem kleinen Dorf in der Rhön. Arbeitsmäßig zog es ihn dann in die Nähe von Kitzingen, wo er einen Job bei einem großen Autozulieferer hatte. Die karibische Lebensart kannte er nicht.

An Land kaufte er sich an einer Imbissbude erst einmal eine Tüte Fish and Chips, die Verkäuferin stellte ihm Mushy peas, Essig und Mayonnaise dazu.

„What is Mushy peas?" fragte er die junge Frau. Die ihm dann umständlich erklärte, dass es Erbsenpüree wäre. Sie zog dabei eine große, leere Konservendose unter der Verkaufstheke hervor auf den Erbsen abgebildet waren.

Er wollte weiter zum Clayton J.Lloyd international Airport. Ihm war es auf den Inseln, so traumhaft schön sie auch waren, einfach zu eng. Einen Tag wollte er aber trotzdem hier verbringen. Er fragte die Imbissverkäuferin, wo ein schöner Strand wäre. Sie empfahl ihm die Shoal Bay und erzählte ihm das dort auch die Raffaelo Werbung gedreht wurde. Das Taxi wird so 10 Dollar oder Euro verlangen. Es herrscht Linksverkehr auf der Insel.

Als er aus dem Taxi stieg, sah er den türkis leuchtenden Strand. Er war sehr lang und sah aus wie weiß gepudert.

Er ging zuerst ins Nanaderimen, wie es ihm die Imbissverkäuferin empfohlen hatte und bestellte sich auf der schattigen Terrasse ein Glas Rumpunsch.

Im Hintergrund hörte er eine bekannte Stimme, es war Tilda, die ihn aber noch nicht entdeckt hatte. Er zog sich sein Basecap tiefer ins Gesicht trank seinen Punsch aus, legte fünf Euro auf den Tisch, griff nach dem Rucksack und stand auf, um Richtung Meer zu verschwinden. Er war noch nicht richtig von der Terrasse herunter als er einen festen Klaps auf seinem Hintern spürte. Es war, wie konnte es auch anderes nicht sein, Tilda, die anscheinend einen Narren an ihn gefressen hatte.

"Wolle wir swimming in the sea!"

„Okay!"

223

Unter Palmen und bunten Wimpeln fragte ihn Tilda ein Loch in den Bauch. Anscheinend mochte sie ihn. Wahrscheinlich lag es auch daran, dass Hess aussah wie ein Abenteurer, ein Pirat der Neuzeit.

„Andere Girls jetzt mach Liebe with the Loverboys. Du verstehts? Best collective price in the preseason. Fünfzig Euro für zwa stunde! Was mit dir, hast du Lust mit mir. Ich habe Zimmer gebucht aber der Lover is sick."

"Und jetzt willst du das wir zusammen vögeln?"

"Sagt ihr vögeln zu screw! Komm mit wir machen uns eine schöne Tag. Wir werde viel Spaß habe."

Die Soko Missing war in Amsterdam angekommen. Hatterer suchte eine Langzeitparkmöglichkeit in der Nähe des Airports und dann ließen sich die drei von einem Taxi zum Terminal fahren.

Ihr Flug ging in gut einer Stunde. Wahrscheinlich waren sie die letzten, die eincheckten. Elsa bekam den Platz am Fenster.

Männer lieben den Blowjob und so auch Hess, der es genoss von Tilda mit ihren heißen Lippen verwöhnt zu werden. Er liebte es, ihren Lippen und ihren Mund ganz ausgeliefert zu sein. So etwas hatte er noch nie erlebt. Als Tilda auf ihn kletterte und sein bestes Stück in sich reinschob, hörte er sie stöhnen. Sie ritt wie der Teufel und schrie dabei immer lauter. Eigentlich wurde auf dem ganzen Flur geschrien und gestöhnt. Niemand nahm daran Anstoß. Danach viel er nochmal in einen unruhigen Halbschlaf und wachte erst im

Morgengrauen wieder auf. Als er ging schlief Tilda noch, sie sah glücklich aus. Er bestellte sich ein Taxi und ließ sich zum Clayton J.Lloyd international Airport chauffieren. Dort schaute er sich die Angebote verschiedener kleiner Airlines an, die nach San Juan auf Puerto Rico flogen.

Das Angebot von Tradewind Shuttle Caribbean gefiel ihm am besten. Dort hieß es, dass ihre Flüge mit den in der Schweiz gebauten Pilatus PC-12-Düsenflugzeugen durchgeführt werden. Zwei Piloten mit Klimaanlage, einer Druckkabine und viel Platz für Gepäck, hieß es da sinngemäß. Genießen Sie an Bord kostenfreie Snacks und Erfrischungen, einschließlich Wein, Rumpunsch und Bier.
Der nächste Flug war für den kommenden Tag am Mittag terminiert. Der Fensterplatz, den er reservierte, war etwas teurer als die Plätze im Flur.
Er ließ sich wieder zurück ins Hotel an die Shoal Bay fahren, ging auf das Zimmer. Tilda war nicht mehr da. Unter dem Aschenbecher klemmten 50.- Euro.
In einem kleinen Supermarkt kaufte er sich einen Sixpack Carib Bier und eine Tüte frittierte Garnelen.
An der Rezeption ließ er sich für eine Nacht eintragen.
„Passport please! "
„Here you are! "
„We're wishing you a nice stay, Mister Maarten ten Baaker! "
Der The Traveling Bitch Club unterdessen war wieder gut mit der letzten Fähre in St.Maarten angekommen. Am nächsten Morgen wollten sie mit der

225

Frühmaschine zurück nach Curacao fliegen. Nichts Ungewöhnliches für Bewohner der Karibik. Die Frauen schwärmten von ihren Liebhabern und dass sie in vier Wochen bei ihrer nächsten geplanten Bumstour wieder dabei sind. Nur Tilda schwärmte nicht herum, sie legte sich in den noch warmen Sand, lauschte den Wellen und träumte von Maarten. Es war schön mit ihm gewesen. Nur unerfüllte Liebe kann romantisch sein.

Delcy Rodriquez holte die Delegation aus Deutschland am International Airport Curacao ab. Die große Hitze traf sie unvermittelt. Sie waren noch geschockt von den Bildern aus Christchurch, die sie im Flieger in den Nachrichten gesehen hatten. Er brachte sie dann zuerst ins Präsidium, wo nachts um 23 Uhr natürlich nicht mehr viel Betrieb herrschte. Dann fuhr er sie in ein Hotel.

„Die Kaserne ist nichts für Frauen!", meinte Delcy charmant, ohne jemand anzusehen.

Unterwegs zeigte er auf seinem Tablet die Bilder die Bordfotograf Bernd Kämpfer von Hess in Bonaire gemacht hatte.

Sie zeigten einen gutgelaunten Mann im Urlaub.

„Morgen früh fahren wir mit dem Schnellboot zur Nachbarinsel! Schlafen sie gut. Ab sieben Uhr gibt es Frühstück. Ich hole sie um halb neun ab. Gute Nacht."

Sie hatten ein Dreibettzimmer bekommen und Yogi fragte, ob er im Bad in der Wanne schlafen soll.

„Aber ich glaube, ihr seid heute auch müde!"

„Du Arsch!" entglitt es Elsa.

Das Frühstück war spartanisch wie überall in der Karibik, die Urlaubsdestinationen einmal ausgenommen. Es gab Croissants, Toastbrot, Marmelade und Kaffee oder Tee.

Pünktlich um halb neun kam Delcy in Begleitung des schwergewichtigen, farbigen Kollegen.

„Guten Morgen, können wir?"

Delcy erklärte beim Marsch durch Willemstad das eine oder andere Besondere. Auf der Königin-Emma Pontonbrücke begegneten sie einer Gruppe Frauen, die augenscheinlich von einer Party nach Hause kamen.

Delcy, Elsa, Hatterer, Yogi und George warteten am Anfang der Brücke um die Frauen vorbeizulassen.

Plötzlich riefen die fünf Frauen durcheinander beim Anblick des Steckbriefes, den vorher Yogi mit Wohlwollen beäugt hatte: „Oh mein Gott das ist doch Maarten!" sagte eine Frau. Eine andere Begleiterin aus der Gruppe sagte, dass sich Tilda beruhigen sollte und es dies bestimmt ein Missverständnis wäre.

„Nein das ist er, ich habe mit einem Mörder gevögelt!" Jetzt wurden Delcy und die anderen hellhörig: „Entschuldigung, darf ich mich vorstellen Hoofinspecteuer Delcy Rodriquez, sie kennen den Mann auf dem Foto?" „Ja, das ist Maarten den Baaker. Wir waren gestern noch auf Anquilla zusammen."

„Und wo dort?"

„In einem Hotel in der Shoal Bay!"

„Nanaderimen!", rief eine der anderen Frauen. „So heißt das Hotel."

George hatte nach wenigen Sekunden die Reception des Hotels an seinem Smartphone und gab es seinen

Boss. „Hallo, hier Hoofinspecteuer Delcy Rodriquez aus Willemstaad Curacao. Ist bei Ihnen ein Maarten ten Baaker eingecheckt?"

„Ja war er, vor zehn Minuten ist er mit einem Taxi weggefahren! Ich glaube er wollte zum Flugplatz"

„Shit!"

„George Polizeistation Anquilla bitte."

„Hier Touristenpolizei Anquilla!"

„Ich bräuchte die richtige Polizei wegen einer Personen Fahndung!"

„Hier Luis Munos Polizei Anquilla, was kann ich für sie tun?"

„Hier Hoofinspecteuer Delcy Rodriquez aus Willemstaad Curacao! Wir möchten, dass sie nach einem Mann namens Maarten den Baaker fahnden, wahrscheinlich ist er gerade mit dem Taxi unterwegs zum Airport."

„Was hat er verbrochen?"

„Er steht unter Mordverdacht! Kollegen aus Deutschland sind hier auf der Insel und suchen ihn. Den Hinweis haben wir von fünf Frauen, die anscheinend bei euch abgefeiert haben!"

"Ja scheiß Bumstourismus. Wir sperren den Flugverkehr, sind ja nicht viel Flüge, die bei uns abgehen - das kann ja nicht zu schwer sein ihn zu finden!"

„Gut danke. Wir kommen mit dem Polizei Helikopter!"

Hess betrat um kurz nach 10 Uhr gut gelaunt und nichtsahnend den Clayton J.Lloyd international Airport, ging zum Schalter des Anbieters den er sich gestern herausgesucht hatte und wollte sein reserviertes Ticket nach St. Juan auf Puerto Rico abholen. Seinen Rucksack hatte er nicht dabei.

„300 $" sagte Frau hinter der Scheibe! „und ihren Reisepass bitte."

Sie hatte den Fahndungsaufruf der Polizei längst auf dem Schirm.

„Sie sind Maarten ten Baaker!"

„Ja!"" und wollen nach Puerto Rico" „Ja, was sollen die blöden Fragen. Ich habe doch gestern schon gebucht."

Sie sah die drei Polizisten schon auf ihren Shop zulaufen.

„Dann sagte sie zu Hess.

„Ich glaube ihre Reise ist hier zu Ende!"

„Wie bitte?"

Im selben Moment wurde sein Arm auch schon hochgebogen, Polizeigriff sagt man auch dazu.

„Du Drecksschlampe!" hörte die Frau hinter dem Ticketschalter noch. Sie verstand es nicht, sie konnte kein Deutsch.

Über Funk erhielt Delcy die Nachricht von der Festnahme von Hess.

„Scheiße, so schnell jetzt komme ich nicht mal zum Baden!"

Dabei schaute sie sehnsüchtig auf das türkis, glänzende karibische Meer unter Ihnen.

Als Delcy das hörte, sagte er zu Elsa, dass es für die Überstellung reichen würde, wenn ein Beamter erst einmal mit zurück nach Curacao fliegen würde. Ich empfehle Ihnen das Nanaderimen in der Shoal Bay.

„Yogi du hast es gehört, es wäre sehr nett von dir, wenn du das übernehmen könntest."

„Das kann ich ja fast nicht annehmen, soviel Ehre und Verantwortung!"

„Wir nehmen den Flieger übermorgen zurück! Meldung machen wir erst morgen Abend!"

Als sie auf dem Airport landeten, stand Kurt Hess bereits in Hand- und Fußfesseln bereit zum Rückflug nach Curacao, wo ihn dann Yogi Weber und Delzy Rodriquez in Empfang nahmen.

Elsa und Hatterer stiegen hingegen in ein Taxi und ließen sich an die Shoal Bay ins Nanaderimen kutschieren. Sie verbrachten einen tollen Nachmittag am Meer, Elsa konnte dort ihren schwarzen neuen Monokini, in dem sie sehr sexy aussah, einweihen. Sie tranken Rumpunsch und knutschten auf der hoteleigenen Badedecke. Am Abend ließen sie im Restaurant gegrillten Fisch mit pikanter Chilisoße, Salat und frittierte Garnelen auffahren. Dazu ein frisch gezapftes Carib.

„So könnten wir das länger aushalten, morgen Abend geht es zurück. Soll ich Delcy mal anrufen und lieb fragen, ob er uns morgen mit dem Heli abholt."

„Mach doch!"

„Sie wissen schon, dass der Heli zwei Stunden hin und zwei Stunden zurück braucht! Ihr Kollege ist sehr fleißig. Was heißt eigentlich rausleiern?"

„Rausleiern heißt so viel wie ausquetschen, verstehen sie!"

„Ja, ja. Sehr gut! Ihr junger Kollege leiert viel aus den Gefangenen heraus. Deshalb kann ich morgen auch den Helikopter schicken."

„Vielen herzlichen Dank, Delcy.!"

Zu Hatterer gewandt, sagte sie: „Bei uns in Deutschland wäre sowas nicht möglich, da verwette ich meinen dicken Arsch drauf!"

„Apropos dicken Arsch. Zieh dich aus, ich möchte gerne den Sand zwischen deinen Pobacken abreiben!"

Da ließ sich Elsa natürlich nicht zweimal bitten. Sie streifte ihr Kleidchen und ihr Höschen ab und reckte Hatterer ihren wohlgeformten Hintern entgegen und der wischte nicht nur den Sand aus Elsas Ritze."

Nach dem Frühstück ging es gleich wieder ins Meer diesmal mit Taucherbrille und Schnorchel. Viel bekamen sie aber nicht zu sehen, das meiste war Plastikmüll. Trotzdem machte es Spaß, der aber um 14 Uhr vorbei war. Mit einem Taxi ging es zum Airport.

„Schon lustig der Linksverkehr. Was machen die hier, wenn der Brexit kommt, die Insel wird ja von Vereinigten Königreich verwaltet."

„Frag mich was leichteres."

Voller Wehmut stiegen sie in den Heli und flogen zurück über das karibische Meer.

Bei der Ankunft auf den Airport in Curacao wurden sie von ihrem neuen Mitarbeiter Yogi empfangen.

Er ließ die Beiden gar nicht zu Wort kommen.

„Ich habe hier auf dem Tablett was vorbereitet, lest es durch und wenn es okay ist, schicke ich es ab."

Elsa und Hatterer gingen von der Rollbahn und setzten sich auf eine Ruhebank im Schatten des Terminals.

Nach einer Weile gab sie das Okay: „Gute Arbeit Yogi! Wir werden deine großartige Arbeit, natürlich in unserer abschließenden Bewertung für dich zu würdigen wissen! Schade, dass du dann wieder weiterziehen musst!"

Yogi strahlte die beiden an: „Ja schade, wir waren bzw. sind ein gutes Team. Wie wird eigentlich Hess zurückgeführt? In Handschellen und Fußfesseln?"

„Ich denke Handschellen reichen!"

Yogi hatte seinen Bericht über die Festnahme von Kurt Hees abgeschickt.

Der wiederrum Besuch von einer Frau im besten Alter bekam. Tilda van Moersel hatte ein schlechtes Gewissen. Sie fragte Hess, ob er wirklich vier Menschen umgebracht hätte.

„Natürlich nicht. Ich war nur ein kleiner Mitläufer, der erpresst wurde. Ziemann, das letzte Opfer, wollte mich Erschießen, ich habe mich nur gewehrt und im Gerangel löste sich ein Schuss. Trotzdem habe ich Scheiße gebaut."

Tilda streichelte seine in Handschellen gelegte Hände und sagte zu ihm, sie glaubt ihn zu lieben.

„Ich weiß nicht, ich habe so ein Kribbeln im Bauch. Schmetterlinge verstehst du!"

„Jetzt wo ich in den Knast muss. Mir geht es doch genauso. Es gibt immer verschiedene Antworten auf etwas, tiefgehende oder oberflächliche. Ich spüre tief in mir drinnen, dass ich dich sehr mag."

Tilda fing zu weinen an.

„Besuchszeit zu Ende!"

„Kommst du morgen nochmal? Ich muss dir noch etwas wichtiges sagen!"„Wenn du noch hier in Curacao bist, komme ich natürlich! Tschau!" Lediglich wissend das sie das nicht wollte, spürte sie es doch.

Beim Hinausgehen aus dem Polizeipräsidium, wo sich die Arrestzelle mit Hess befand, begegnet sie den drei deutschen Ermittlern.

„Hallo, Frau Tilda!",

„van Moersel...!"

„Wir wollen uns nur bei ihnen bedanken und bitten sie uns eine Kontonummer zu geben, damit wir die Belohnung die Ausgesetzt war, überweisen zu können."

Tilda fing an zu weinen.

„Was ist denn?" fragte Elsa.

„Geht ihr mal weiter!"

Tilda heulte nun richtig und legte ihren Kopf auf Elsas Schultern.

„Ich habe mich in Kört verliebt!"

„Oh mein Gott. Das ist natürlich ein Problem, da würde ich auch weinen!"

Tilda schaute Elsa schluchzend an. Ihr Make-up lief ihr über die Wangen: „Wann fliegen sie mit ihm zurück nach Deutschland?"

„Morgen, am späten Nachmittag. Ich glaube um 19.25 Uhr geht unser Flug. Wir fliegen direkt nach Frankfurt!"

„Mit der Belohnung können sie ja zur Gerichtsverhandlung nach Würzburg kommen!"

„Wohin?" Tilda hat sich das Tränen abgewischt und mit ihnen das Make-up noch mehr verschmiert.

Elsa packte sie bei der Hand und ging mit ihr auf die Toilette und zeigte auf den Spiegel.

Tilda machte ihr Gesicht sauber und schnaufte tief durch. Elsa holte ihre Karte aus der Brieftasche und

233

gab sie ihr. "Ich muss los zur Vernehmung! Sehen wir uns morgen noch einmal?"

„Denke schon!"

Nach dem neuerlichen Verhör sahen die Ermittler klarer. Elsa fasste in einer zusammenfassenden Review die Sache folgendermaßen dar: „Kurt Hess hatte kein Mordmotiv. Die beiden Frauen hat Großmeier umgebracht, was Annemarie Rosenzweig ja auch schon so aussagte. Großmeier hat die Frauen dann zerteilt und Hess hat ihm geholfen, die schon in Plastiktaschen eingepackten Leichenteile zu vergraben. Hess sagt, er wurde dazu von Ziemann erpresst. Was wir noch durchleuchten müssen."

Yogi zitierte dann das Strafgesetzbuch sinngemäß: „In § 27 Strafgesetzbuch heißt es: Beihilfe wird bestraft, wenn vorsätzlich einem anderen zu dessen vorsätzlich begangener rechtswidriger Tat Hilfe geleistet wurde. Die Strafe für den der Beihilfe geleistet hat richtet sich nach der Strafe für den Täter. Wenn er Glück hat und geständig ist, kommt er hier mit einer Bewährungsstrafe davon. Wenn es als Vertuschung bewertet wird, muss er wohl für ein paar Jahre einfahren. Die Strafbarkeit einer solchen Beihilfe ist nach der Tat in der Behandlung strittig. Ich bin kein Richter. Man wird sehen. Der Tod von Ziemann wird man Hess nicht anlasten können, das war nach Stand der Dinge Notwehr. Anders sieht es damit der Entführung von euch beiden aus. Hess hat sich dazu ja noch nicht geäußert. Aber wenn er euch beide entführt haben sollte, dann wird das für ihn ein längerer Gefängnisaufenthalt."

Nach der Befragung machten die drei auf Einladung von Delcy Rodriquez eine Sightseeing-Tour über die Insel. Er zeigte ihnen die schönsten Ecken von Curacao. Im Dolphin Encounter konnten sie sogar mit Delfinen schwimmen was natürlich ein großes Erlebnis für die drei darstellte. Delcy ließ es sich nicht nehmen sie dann zum Abschluss der Tour in den Food Market Marsche Bieuw einzuladen. Der angebotene Fisch dort kommt direkt vom Fischkutter um die Ecke auf den Teller. Sie saßen auf einfachen Holztischen in einer von außen unscheinbarem Halle. Verschiedene Garküchen bieten dort eine große und gute Auswahl karibischer Gerichte an.

Elsa und Hatterer machten am Abend noch einen Bummel durch Willemstad. Eine frische Meeresbrise zog über die Stadt und der spektakulär beleuchteten Königin-Emma Pontonbrücke. In einer Szenekneipe tranken sie einen letzten Drink. Dann ging es zurück ins Hotel. Yogi schlich erst um drei Uhr ins Zimmer und sah ein glückliches Paar verliebt umschlungen im großen Doppelbett.

Tilda war bereits um neun Uhr im Besuchsraum der Arrestzelle. Nach einer Weile wurde Hess in den Raum gebracht. Er sah schlecht aus. Unrasiert und fahl im Gesicht. Die Fußfesseln hinderten ihm beim Laufen. Er setzte sich langsam und wartete bis der

Aufsichtswärter ihnen den Rücken zuwandte. Dann schob er Tilda einen Zettel hin, den diese schnell in ihren Büstenhalter, ihrer tiefdekolletierten Bluse verschwinden ließ.

„Ich bekomme 2500.- Euro Belohnung!" Hess verstand nicht richtig.

„Für was." „Reward, du verstehst 2500.-. Mit dem Geld komme ich zur deine Proceedings nach Wurzbörg!"

„Lese erst den Zettel, bevor du dich aufmachst! Ich muss jetzt wieder zurück in die Zelle, mir geht es nicht gut. Also vielleicht bekommen wir nochmal die Chance uns in Freiheit zu treffen. Ich würde gerne mit dir zusammenleben. Ich habe noch nie eine Frau geliebt. Ich wusste nie, wie das ist – LIEBE. Aber jetzt spüre ich es tief in mir. Die Gedanken an dich werden mir beim Absitzen der Strafe helfen."

„Hallo Herr Wachtmeister, kann mir Tilda ihre Adresse aufschreiben? Dann möchte ich mich noch angemessen verabschieden."

Er zog ein Blöckchen heraus und gab ihn Tilda mit einem Kugelschreiber. Tilda schrieb: Ich liebe dich, heb den Zettel gut auf. Dann ihre Adresse mit der Handynummer.

Tilda trieb es abermals die Tränen in die Augen. Sie gab Hess einen leidenschaftlichen Kuss und ging, ohne sich noch einmal umzuschauen.

Um 18.30 Uhr fuhr das Quartett im Konvoi mit einem zweiten Polizeiauto zum Airport. Geflogen wurde dann in einem separaten Platz in der 1.Klasse. Hess trug Handschellen, die im Flieger aber abgenommen wurden. Er war müde und das merkten die Polizisten auch. Yogi zeigte ihm auf, was er im besten und schlimmsten Falle für eine Strafe zu erwarten hatte. Von zwei Jahren auf Bewährung bis zu sechs Jahren schien alles möglich zu sein. Wir glauben ihnen ihre Story.

In Frankfurt wurde er von einem Polizeiauto abgeholt. Sie verabschiedeten sich von Hess, der in Untersuchungshaft überstellt wurde. Sie fuhren mit Hatteres Fokus zurück nach Mainfranken.

Jetleg und Schlaf waren für Polizeichefin Susanna Porzuck Fremdwörter - um neun Uhr des folgenden Tages lud sie zum Rapport und ließ die drei eine halbe Stunde warten. „Hallo zusammen. Gratulation zu der zügigen Festnahme. Der Staatsanwalt Leo Wohleb möchte morgen mit Ihnen reden. Die Abrechnungsquittungen reichen sie wie gewohnt ein. Ich habe morgen früh eine Pressekonferenz einberufen, wer möchte von Ihnen dabei sein? Elsa, sie kommen morgen früh einfach dazu. Bereiten sie sich gut vor, die Pressefutzis können ziemlich nervig sein. Nichts Privates, nur das was Fallrelevant ist. Übrigens sie haben ein sehr schönes Kleidchen an. In der Karibik gekauft? Für sie drei als Soko Missing wird es folgendermaßen weitergehen: Sie bleiben bis zur völligen Beweisaufnahme als Team zusammen. Das wird bestimmt ein halbes Jahr dauern. Ich überlege gerade noch ob ich ihr Büro in Kitzingen nicht als dauerhafte Einrichtung etablieren kann. Herr Weber sie müssen leider wieder bis auf weiteres die Uniform anziehen und in der Kitzinger Wache Dienst schieben."

Jetzt mischte sich Hatterer ins Gespräch ein: „Kann Yogi nicht das halbe Jahr noch bei uns in der Soko bleiben? Es ist sein Verdienst, das wir den Fall so schnell abschließen konnten!" Porzuck schaute in die Gesichter der drei Beamten und murmelte dann, dass sie sich das überlegt und das es eventuell gar keine so schlechte Sache sei, den jungen Mann an die Kriminalarbeit heranzuführen. Die drei sollten dann aber auch etliche Dienststunden auf den Autobahnen und Raststätten als Zivilfahnder verbringen und wenn da die Quote stimmt. „Schauen wir mal! Jetzt ruhen sie sich erst einmal von den Reisestrapazen aus. Ich weiß, dass der Zeitpunkt heute Morgen ungünstig für sie war. Aber es ging nicht anders. Elsa, morgen Vormittag denken sie an die Pressekonferenz! Auf Wiedersehen!" „Um wieviel Uhr!" „Halb zehn!"

Auf der Fahrt zurück nach Kitzingen bedankte sich Yogi überschwänglich dafür, dass sich Hatterer so für ihn eingesetzt hatte. „Lasst mich bitte in der Mainstockheimer Straße am Kreisel raus."

Hatterer und Elsa verschwanden ziemlich schnell in ihre Betten und schliefen ihren Jetlag aus. Den schlief auch Kurt Hess aus, träumte aber von Tilda. Die wiederrum den Zettel von Kurt las und dann ziemlich geschockt sich hinsetzen musste.

Am nächsten Morgen, bei herrlichem Sonnenschein, machte Hatterer einen Spaziergang am Main. Er hatte seine Spiegelreflexkamera dabei. In der Nacht hatte es nochmal gefroren. Der Raureif auf den Dächern zauberte auf den Bildern, die er von der Altstadt machte, einen schönen Effekt. Der Main hatte einen überhöhten Pegelstand, der den untersten Stadtbalkon bereits unter Wasser gesetzt hatte. Ein Mann vom Wasser- und Schifffahrtsamt sprach ihn an. Er sei auch Hobbyfotograf, muss sich jetzt aber um mögliches Totholz an den Bäumen entlang des Uferstreifens kümmern. Eigentlich wäre es Sache der Kitzinger Stadtverwaltung, aber sein Chef habe ihn losgeschickt, um den Uferstreifen zu kontrollieren. „Ihm ist vor kurzem, vorne an dem anderen Parkplatz neben dem Bleichwasen, ein Stück Totholz auf sein neues Auto gefallen." Hatterer erzählte die Geschichte aus der Klinge, dass er beinahe und ein Bekannter von einem Stück Totholz fast erschlagen bzw. erschlagen wurde. Der Mann vom WSA stellte dann fest, dass es für Waldwege ein allgemeines Betretungsrecht gäbe. In dem festgehalten ist, dass das Betreten des Waldes auf eigene Gefahr erfolgt. Waldbesitzer müssten keine besonderen Sicherungsmaßnahmen gegen waldtypische Gefahren treffen. Anders als auf öffentlichen Plätzen, wie hier am Fuß- und Radweg entlang des Maines.

Im ersten Länderspiel nach der Entlassung der Stammspieler Müller, Hummels und Boateng gegen Serbien, erreichte die Mannschaft von Jogi Löw ein 1:1 Unentschieden. Hatterer hatte das späte Ausgleichstor der Deutschen nicht mehr mitbekommen, er war auf dem Sofa eingeschlafen.

Elsa fuhr am Morgen nach Würzburg zur Pressekonferenz und sprach ausführlich über Linksverkehr, Wassertemperatur und Chilligarnelen. Bei der Verhaftung selbst seien sie nicht dabei gewesen.

Kapitel 29 - Hitzewelle

Das Schwurgericht in Würzburg eröffnete die Verhandlung Mitte Juli. Es war sehr heiß am ersten Verhandlungstag, eine Hitzewelle machte den Menschen in Mainfranken zu schaffen. Angeklagt waren Kurt Hess und Annemarie Rosenzweig wegen gemeinsam begangener Entführung in zwei Fällen, Betrug und Beihilfe zur Vertuschung einer Straftat. Die Mordanklage aus niedrigen Beweggründen in vier Fällen, wurde von der Anklage fallen gelassen. Sechs Verhandlungstage waren angesetzt. Kurt Hess, auf der Anklagebank, war völlig durchgeschwitzt. Die Klimaanlage im gesamten Haus war schon seit zwei Tagen ausgefallen. Wer genau hingeschaut hatte, sah, dass die Richter unter ihren Talaren kurze Hosen anhatten. Ein Novum in der deutschen Rechtsprechung. Polizei und Staatsanwaltschaft hatten gute Vorarbeit geleistet. Annemarie wurde schlussendlich wegen Beihilfe zu zwei Jahren auf Bewährung und eine Geldstrafe für eine soziale Einrichtung verurteilt. Außerdem musste sie 100 Stunden Sozialdienst in einem Altenheim verrichten. Kurt Hess konnte man die Morde an den Frauen nicht nachweisen, er hatte für die geschätzten Tatzeiten wasserdichte Alibis. Für ihn sah das Gericht eine fünfjährige Gefängnisstrafe vor. Er wurde für schuldig befunden der Beihilfe zur Vertuschung von zwei Morden und die Entführung der beiden Polizeibeamten Elsa Menzel und Arne Hatterer. Strafmildernd wurde ihm zugutegehalten, dass er das unterschlagene Geld vor der Verhandlung den Behörden übergeben hatte und sich in allen Punkten der Anklage geständig zeigte. Der Tod von Walther Ziemann wurde als Notwehr bewertet.

Tilda saß die ganze Zeit im Gerichtssaal und verfolgte die Verhandlung. Sie wohnte in der Zeit von Körts Verhandlung in Kaltensondheim bei Elsa und Arne, mit denen sie sich im Laufe der letzten Monate angefreundet hatte und die ihr auch geraten hatten, das Geld zurück zu geben, das sie auf Geheiß von Hess am Rande der Shoal Bay hinter einer großen Kaktee ausgegraben hatte. Auf dem Zettel, den ihr Kurt Hess in der Besuchszelle in Williamstaad zugesteckt hatte, war der Lageplan des Rucksackes mit dem Geld verzeichnet gewesen.

Tilda war die Hitze gewohnt. Das Kitzinger Freibad gefiel ihr besonders gut. Doch nun freute sie sich darauf, dass sie bald wieder zurück nach Willemstaad zu ihren Mädels kommt. Sie wird die fünf Jahre auf Kurt warten. Ob dann alles noch so sein wird wie jetzt. „Ich werde sehen was wird!" In einem Schreibwarengeschäft in der Nähe des Gerichtsgebäudes, kaufte sie schon mal Briefpapier mit Umschlägen in hellblau mit zarten Herzchen drauf.

Eduard Gersteg ist mittlerweile nach Marktbrei gezogen. Er lud Hatterer und Elsa zu einem irischen Abend in eine Szenekneipe ein. Es war der erste richtig heiße Tag gewesen. In einem Keller bereitete sich ein Ire, der in Nürnberg lebt, auf seinen Auftritt vor. Er spielte viel von Ed Sheeran, aber auch irische Volkslieder. Hatterer trank irisches Bier und einige Whiskeys, sie hatten sich vorher abgesprochen das Elsa fährt und er trinkt. Nach dem Iren spielte noch eine Dreier Combo ganz in Grün gekleidet, mit grünen Zylindern und mit einer Sängerin mit zu hoher Stimme. Nach dem dritten Lied ermunterte Elsa Hatterer zum Aufbruch. Gersteg blieb noch. Beim Hinausfahren aus dem malerischen Städtchen im mittelalterlichen Flair, sah Elsa das der „Italiener" der Eisdiele noch fleißig am Eisrühren war. Elsa hielt an klopfte an der Tür und zeigte ihren Dienstausweis. Matteo machte die Türe auf und Elsa fragte kleinlaut, ob sie ein Eis bekommen könnte. „Für so eine hübsche Frau, habe ich immer eine Eis. Ich habe ganze frische Latte Macchiato und Sahne-Kirsch." Er strich die cremigen Leckereien auf eine Tüte und schon beim Entgegennehmen tropfte das Eis auf Elsas Hand. „Momento, lasse sie mich auf Italienisch ihre Hand sauber machen!", Elsa nahm das Eis in die andere Hand und Matteo schleckte mit seiner Zunge Elsas Hand ab. „Sei una bella donna, farei qualsiasi cosa per te!" „Ein ander mal!" Elsa konnte sich denken, was er wohl meinte. Matteo gab ihr eine Kusshand und Elsa ging. Hatterer lag mehr im Auto als er saß, er war eingepennt.

„Na Arne ausgeschlafen? Du hast im Schlaf gebrabbelt, ich habe aber nur Ostern verstanden!", Hatterer streckte und dehnte sich. Gähnend erzählte er dann klugscheißend: „Echt, ja eigentlich sollte ja heute Ostern sein, wenn man nach der Regel des Konzils von

Nicäa aus dem Jahr 325 geht." „325, du kannst dich auskennen!", sagte Elsa und schlüpfte unter Hatterers Decke. „Mein kluger Mann, ich liebe es, wenn du so altklug daher quatschst!" Hatterer war plötzlich wieder hellwach, „Lass es mich dir erklären. Das Osterparadoxon tritt dann auf, wenn der tatsächliche Frühlingsvollmond nicht an den Tagen in Erscheinung tritt, die nach dem Berechnungsverfahren dafür vorgesehen sind. Nach der Regel für die Osterrechnung ist bereits heute Vollmond und da nicht morgen Ostern ist, sondern erst im April. Heute Nacht zieht der Vollmond an der Grenze der Sternbilder Löwe und Jungfrau über das Firmament, es ist zwar Vollmond, aber nicht Ostervollmond. Alles etwas kompliziert. Aber für uns ziemlich egal. Wir suchen unsere Eier dann halt im April." „Oder jetzt gleich!" Hatterer stöhnte auf und Elsa hatte seine Familienjuwelen fest im Griff.

Hatterer stand nach dem Morgensex auf, ging in die Küche, um das Frühstück herzurichten. In den Morgennachrichten um 10 Uhr kam die Meldung, dass vor der norwegischen Küste ein Kreuzfahrtschiff in Seenot geraten war. Einige Passagiere wurden verletzt, drei davon schwer. Das havarierte Schiff soll in die Hafenstadt Molde geschleppt werden. Elsa kam angeschwebt und flüsterte Hatterer ins Ohr: „Wir sollten öfters Sex am Morgen haben. Man ist einfach besser drauf. Oder nicht?" „Lass uns Kaffee trinken und ja Sex am Morgen ist einfach nur geil." Im Fernsehen sahen sie in den Nachrichten eines Privatsenders den Kreuzfahrer, wie er manövrierunfähig in stürmischer See in meterhohen Wellen durchgeschüttelt wurde.

„Scheiße!" blubberte Elsa heraus. „Stell dir mal vor, wir wären da an Bord! Ich will keine Kreuzfahrt machen." Hatterer brummte, dass die Kreuzfahrtschiffe die größten Umweltverschmutzer seien, gleich nach den Flugzeugen.

Es blieb ein trüber Tag. Eine kalte Nordströmung hat das warme Wetter weggeblasen. Dazu passte auch die kuriose Meldung, dass ein Jobcenter in Berlin-Pankow arbeitslosen Briten wegen des Brexits die Bezüge gestrichen hatte. Arne und Elsa schlüpften nochmal unter die noch warme Bettdecke. Am Montag müssen sie ihre ersten Kontrollfahrten auf den Autobahnen in Angriff nehmen. Temposünder, Drogenschmuggler, Personenkontrollen.

Am Nachmittag machten sie zusammen einen Spaziergang, es war ein stürmisches, regnerisches Wetter. An einem Ahornbaum sahen sie etwas Modriges, Schwarzes. Später sahen sie im Fernsehen, das die Rußrindenkrankheit bei Ahornbäumen auf dem Vormarsch ist. Elsas Regenschirm flog in einem unachtsamen Moment, vom Wind gepackt, davon. Hatterer lief nicht hinterher. „Der ist weg!" Er schnäuzte sich. Dazu hielt er mit einem Finger ein Nasenloch zu und blies durch die andere offene Nasenöffnung seinen Rotz. Er machte das immer so. „Du bist ein Schwein!" schimpfte Elsa.

Sein Rotz hat der Wind auf den Rücken einer Frau geweht, die mit ihrem Hund spazieren ging. Grüne Hose, grüne Bommelmütze und eine Jacke mit Schachbrettmuster. Hatterer hatte seinen Rotz nachgeschaut und hatte dabei das befreiende Gefühl, das der ganze Rotz des vergangenen Falles jetzt davongeflogen ist. Es kann was Neues kommen.

Als sie wieder zu Hause waren zog Arne Elsa langsam aus und liebte sie mit der ganzen Zärtlichkeit und Leidenschaft, zu der er fähig war. Dabei konnten sie dann von allem abschalten, die beiden Cold Cases waren gelöst und beide lagen danach ganz entspannt im großen Bett.

Am nächsten Morgen bekam Hatterer die Nachricht das sie die Makarov, mit der er, vor einigen Jahren angeschossen und schwer verletzt wurde, identifiziert hätten. Es war die Pistole, die auf dem Acker bei Mainsondheim ausgegraben wurde nachdem der Metalldetektor angeschlagen hatte.

Epilog

Arne Hatterer machte, bei einem Betriebsausflug der Kriminalpolizei im Herbst in Bamberg auf der Rathausbrücke kniend, **Elsa Menzel**, unter großen Beifall der mitgereisten Kollegen, einen Heiratsantrag. Elsa Menzel, schmiss ihr Herz über die Mauer und nahm ihn, ohne groß zu zögern, an. Ihre Hochzeitsreise führte sie nach Curacao wo sie mit **Tilda van Moersel** und dem Traveling Bitch Club und auch **Delcy Rodriquez** nochmal kräftig ihre Hochzeit feierten. An Weihnachten erfährt Hatterer das er Vater wird. Er freut sich drauf. Ihren Sohn geben sie den Namen Delcy. Im Frühjahr meldet Hatterer sein Gewerbe ab. Elsa geht nach der Geburt in Elternzeit.

Kurt Hess wurde wegen guter Führung und der Bereitschaft von ihm, die restlichen Stellen der vergrabenen Leichenteile zu offenbaren, zehn Monate früher entlassen. Er wird in die Karibik fliegen, aber der Zauber zwischen ihn und Tilda ist verflogen. Sie folgte dem Rhythmus ihrer Seele und schrieb ihn schon lange vor seiner Entlassung keine babyblauen Briefe mehr. Traurig fliegt er nach Deutschland zurück. Er bekommt einen Job in einer Gärtnerei im Schwäbischen und hilft dort auch als Betreuer in einem Fußballverein mit, der gerade aus der Landesliga Nordwest abgestiegen ist.

Franz Heil ist mit seiner Frau und dem Wohnmobil immer noch unterwegs, seine Route führte ihn in den Süden der französischen Atlantikküste, wo sie überwintern.

Polizeichefin **Susanna Porzuck** bekommt eine große Auszeichnung und wird zum Polizeirat befördert. Sie setzt sich dafür ein das Hatterer, Menzel und Weber ihr Büro in Kitzingen vorerst weiterführen können. Obendrauf gibt es noch einen schnellen und gut ausgestatten neuen Dienstwagen.

Professor **Herbert Grieshuber** von der Kriminaltechnik geht 2022 in den vorzeitigen Ruhestand. Nachfolgerin wird überraschend Julia Knollmeier, seine bisherige Praktikantin und Assistentin. Beide verstehen sich auch privat sehr gut. Knollmeier hat sich von ihrem Freund Kevin Maul getrennt. Er war ihr zu grün hinter den Ohren.

Der frühere Facility Manager des Innoparks **Georg Braun** und seine dralle Felicitas machten sich Sorgen um ihren Rottweiler Sacher. Er hatte plötzlich einen Schrumpfhoden bekommen. Nach dem Besuch des Tierarztes stellte der aus Zufall fest, dass sich Felicitas aus bekannten Gründen mit einer Östrogencreme pflegte, die sich beim abendlichen Kuscheln mit Sacher auf diesen übertrug. Nachdem das abgestellt war, wuchsen seine Haare wieder, sein Hoden wurde prall und er wurde wieder der Casanova im Amselbühl.

Annemarie Rosenzweig zog in die Villa von **Walther Ziemann**. Anscheinend hatte sie dafür gesorgt, dass dies beim Notar eingetragen wurde, dass beim vorzeitigen Ableben von Walther Ziemann sie das Grundstück mit Villa erben wird. Sie richtete eine Kindertagesstätte ein und war glücklich dabei. Sie wusste, dass sie viel Glück hatte und mit einem blauen Auge davongekommen war. Walther Ziemann wurde eingeäschert und seine Urne liegt im Friedwald auf dem Schwanberg. Ihr Lieblingsriegel ist immer noch „Nuss Nougat De Luxe"

Die Nachbarn von Hatterer, **Renate und Herbert Schleret** sind stolz auf ihren Schwiegersohn. Bei der Hochzeit ihres Sohnes mit ihm waren auch Arne und Elsa eingeladen. Dort lernten sie auch erstmals Merle, die Tochter der Schlerets, kennen die mit ihrem Lebensgefährten Jim in Brisbane Australien lebt und dort eine Wakeport Anlage betreibt. Im August wollen die Schlerets ihre Tochter besuchen und dann von Brisbane aus zu einer Kreuzfahrt aufbrechen die sie nach Efate, Vanuatu und Neukaledonien führen wird. Schlerets Frau hat ein bisschen Angst, weil sie ab Dubai mit einer Boing weiterfliegen.

Max Steinegger hat sich mit Arne Hatterer wieder versöhnt, nachdem er von ihm eine Dauerkarte für die neue Saison der Würzburger Kickers geschenkt bekam. Er stand mit seinem Kollegen **Micele Piazolo** in der Spalierreihe bei der Hochzeit von Hatterer und Menzel.

Franz Waldmann vom Pumpspeicherkraftwerk Langenprozelten und sein Chef **Aslan Mubarok** sprechen mittlerweile in normalem Deutsch miteinander. Waldmann hat mit SchniPo in der Dorfgaststätte seine Lieblingsspeise gefunden.

Frank Becker und seine Ökofritte **Jenny Bellhorn** aus Großmühlingen nehmen auch weiterhin an Hahnwettkrähen teil und bei einem Wettkampf in Glindow holte ihr Hahn „Sauerbruch" den Siegerpokal.

Delcy Rodriquez bekam vom Gouverneur der Insel die große Verdienst-Medaille der niederländischen Antillen verliehen und verlebt auf Einladung der aufgelösten Soko Missing eine schöne Woche in Mainfranken. Als Abschiedsgeschenk bekommt er von einer Weinprinzessin, die er bei einem Weinfest kennenlernt, einen Sechserkarton Bocksbeutel. Bei der Übergabe ist natürlich auch die Presse dabei, die ein Bild in der Zeitung abgedruckt. Die schickt Hatterer ihm nach Willemstad und Delcy lässt den Artikel mit Bild einrahmen und hängt es stolz zu seinen anderen Auszeichnungen.

Nachdem alle Leichenteile der ermordeten Ines Großmeier und Renate Georgi, nach den Hinweisen von Kurt Hess ausgegraben wurden, hat man die beiden Frauen zusammen in einem Grab in Dettelbach beerdigt. Die rechte Hand von Ines Großmeier wurde nie gefunden. Tochter Tiara ist zur Beerdigung nicht erschienen. Walther Großmeiers Leiche wurde exhumiert und man stellte fest, dass er vergiftet wurde. Das Gift war wohl in einer Praline der Marke „Nuss Nougat De Luxe" enthalten. Es war kein Selbstmord. Der Tod von Ines Großmeier war ein Unfall, sie ist bei Handgreiflichkeiten mit ihrem Mann die Treppe heruntergestürzt und an den Verletzungen, die sie sich dabei zugezogen hatte, gestorben. Die Ermittler fragten sich nur, warum Renate Georgi durch das Schächten zu Tode kam. Eine Theorie der Ermittler ist, dass Georgi den Großmeier erpresst haben könnte und der hatte dann einen unheimlichen Hass auf seine Ex-Geliebte und zur Strafe musste sie dann sterben.

Lilly Parker musste aus ihrer Luxuswohnung, die Friedrich Laue angemietet hatte, ausziehen. Sie lebt in einer Zwei-Zimmer Altbauwohnung und ist auf der Suche nach einem reichen, potenten Liebhaber bzw Liebhaberin.

Oleg Kaminski leitet als unbarmherziger Kleptokrat seinen Club in Enheim. Zudem hat der auch noch die Häuser von Friedrich Laue in Würzburg, Schweinfurt und Zellingen übernommen.

Eduard Gersteg, hat sich in der Marktbreiter Altstadt ein Häuschen gekauft. Mittlerweile entwirft er für ein bekanntes Herrenmode Label angesagte Oberbekleidung.

Der kleine **Maximilian** und seine Mutter bekommen von der Polizei 500.- Euro als Belohnung für seine

Hinweise und seine Hilfe bei der Befreiung von Hatterer und Elsa.

Gegen **Biff Kraenson** dem Fotografen, wird keine Anklage erhoben. Sein Hinweis führte schlussendlich zur Verhaftung von Hess und damit zur Aufklärung des Falles.

Bordfotograf **Bernd Kämpfer** hingegen fährt weiter auf Kreuzfahrtschiffen durch die Karibik und macht Bilder von den Reisenden.